U0525737

身体，再来

中韩女性
作家科幻
畅想录

| 王侃瑜 | 千先兰 | 程婧波 | 金青橘 | 昼温 | 金草叶 |

上海译文出版社

目录

记忆的身体

甜蜜温暖的悲伤 003
[韩] 金草叶 著 春喜 译

明日的幻影，昨日的辉光 052
昼温 著

相遇的身体

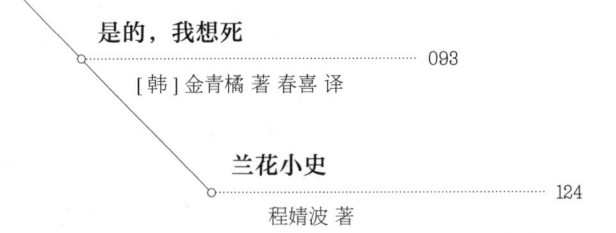

是的，我想死 093
[韩] 金青橘 著 春喜 译

兰花小史 124
程婧波 著

不可能的身体

铁的记录 155
[韩] 千先兰 著 春喜 译

琢钰 203
王侃瑜 著

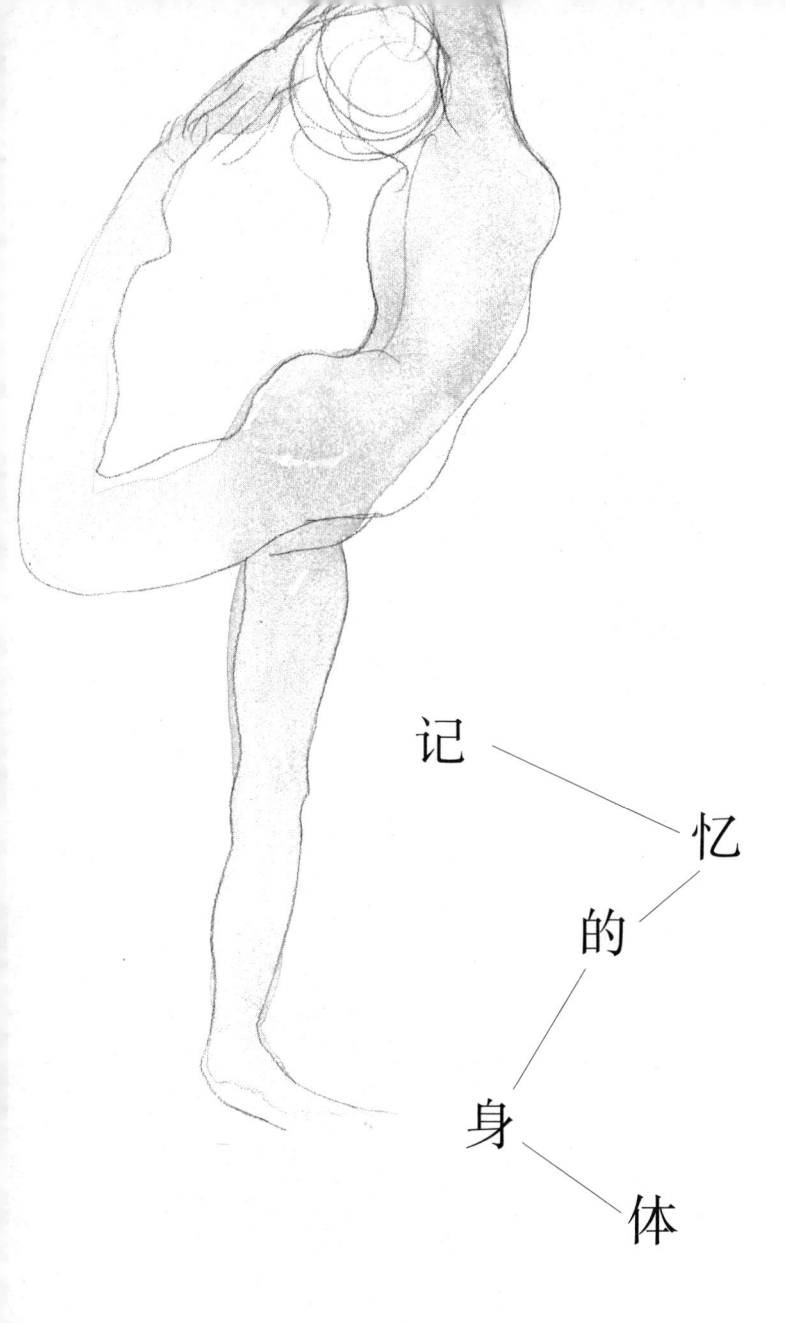

记忆的身体

甜蜜温暖的悲伤

金草叶

> 金草叶，1993年生，浦项工科大学化学专业本科，生物化学硕士。2017年获韩国科学文学奖中短篇大奖与佳作奖，从此走上职业作家之路。已出版《如果我们无法以光速前行》《地球尽头的温室》《刚刚离开的世界》《行星语书店》等。2019年获今日作家奖，2020年获年轻作家奖，2023年获华语科幻星云奖年度翻译作品金奖、银河奖最受欢迎外国作家奖。

雪白的养蜂服酷似航天服。身穿从头包裹到脚的白色连体服，脸上围着网状面纱，戴着厚手套，穿着长筒靴，如果再用银色强力胶带紧紧封住衣袖和脚踝的缝隙防止蜜蜂钻入，养蜂服内部便与外面的世界彻底隔绝了。那一刻，丹霞真的有种身处宇宙中心的感觉。从头顶直冲而下的冰冷紧张感，耳朵里只听得到自己轻微呼吸声的孤独感，似乎只有置身真空维修宇宙飞船外壁的宇航员才能体会到这种静谧。

接下来发生的事情却完全不同。养蜂并非踏入真空，而是迈入数万只活蜂之间。庭院里没有太空的寂静，反而充斥着聒噪的群居智慧生物的振翅声。养蜂服的密封性毕竟不如航天服，总会在某些部位漏出缝隙。蜜蜂会固执地从不够严密的胶带、老化开裂的拉链和撕破的网状面纱之间侵入。养蜂伴随着各种不愉快的感知：手腕上附着的威胁性刺痒，蜜蜂贴在脸上时的恐惧，稍不留神便突如其来的刺痛，持续数十小时的灼热和痛楚。

丹霞刚开始养蜂时，曾沉迷于这些奇妙的感知，所以开始在网上发布名为"养蜂场日记"的记录。她描述了养蜂服与航天服有多么相似，面对蜂群时那种喧闹的孤独有多么像置身太空，还记录了自己在养蜂服里展开的感官斗争，以及对蜂群活动的纯粹赞叹。其他养蜂人似乎将这些日记视为初学者浮夸幼稚的浪漫表达而不屑一顾，但也偶尔有人当面取笑她。

——怎么会幻想那么可笑的事？现在已经去不了太空啦。

虽然并非完全因为这些话语，但丹霞在几年后停止了记录，也间接切断了与他人交流的唯一渠道。尽管如此，她也并没有接受其他养蜂人的建议。每次推开通向庭院的小屋后门，丹霞总是固执地开始尽情幻想。她想象着那一方庭院"宇宙"里充满的不是寂寞，而是感知。迈出几步，便会如潮水般涌来的各种感知。此时能够称得上"甜蜜"的感知并不多，但丹霞依然喜欢那种感知的浪潮。

因为养蜂服像航天服，丹霞才开始养蜂。后来，她意识到现实和最初的幻想完全不同，但依然坚持养蜂，热爱这份工作。丹霞穿着自己专属的航天服，被蜜蜂的"宇宙"包围着，制作小小的蜂蜜罐，研究蜜蜂的舞蹈，有时甚至会为了寻找蜜源植物而远行，她享受着这个封闭的世界。偶尔，她也会享受自己的宇宙里产生的甜蜜浓稠的快乐。

丹霞只需要一个可以深入自己内心世界与蜂群的小空间，因此她无需取太多蜂蜜。她只收取生活所需的部分，其余的都留给蜜蜂们。身处蜂群，她不必费力解读人类微妙的神经质、烦躁和莫名其妙的愤怒等情绪，生活因此变得极其简单。丹霞就这样沉浸在温暖的平静中生活了很久。她平静又略显无聊的日常持续了无数个日夜，直到某天被一个生疏的闯入者打破。

某个稀松平常的午后，丹霞穿着养蜂服检查聚集在蜂箱的蜜蜂和蜂巢。天气晴朗，阳光灿烂，大多数蜜蜂已经飞往树林采集花蜜，蜂巢里只留下酿蜜的工蜂，丹霞得以不受干扰地仔细检查了二十多个蜂巢。她检查了女王蜂的健康状况，为生了螨虫的蜂巢打药，花费了整个上午的时间。有两个蜂巢的蜂蜜快要溢出来了，需要尽快采集。下午，丹霞换上工作服，去采蜜仓库修理坏掉的采蜜机离心轴。

丹霞忍受着无风的天气修好采蜜机，汗流浃背地返回了小屋。养蜂作业期间，她可以在这里短暂休息或食用午餐。接下来的时间，丹霞计划将蜂蜜装瓶后送往销售点。她艰难地脱下汗湿黏身的工作服，只穿着内衣转过身去。

丹霞一时不敢相信自己的眼睛。此刻的她毫无防备，面前却站着一个人。一个女人。

对方穿着利落的灰色衬衫与黑色休闲裤，怀里抱着文件夹之类的东西，一只手提着相对于她的体形来说过大的工具箱，面色惊讶地仰头看着丹霞。

"你……"

丹霞想大声喝问"你是谁"，话却说不出口。她从桌上抓起检查蜂巢用的尖刀。是来偷蜂蜜的吗？还是来抢劫金银珠宝？意外的是，那个女人看起来似乎比丹霞更加惊慌。

"啊！"

女人发出一声有气无力的尖叫，丹霞放松下来。难道是迷路的人？她那副毛手毛脚的样子，看起来不会对丹霞造成什么威胁。但问题是，会有人在这里迷路吗？丹霞依旧心存疑虑，用刀指着那个女人，仔细观察着她。女人似乎没有意识到丹霞真的可能攻击自己，瞪大眼睛盯着丹霞。

"请问，您是养蜂人白丹霞老师吗？"

丹霞皱起眉头。在那短短的一句话里，让人想挑刺的地方真是数不胜数。首先，"养蜂人白丹霞老师"这个极其低效的称呼到底是什么意思？其次，为什么不说明来意，直接就开始找人？还有，面对一个只穿着被汗水浸湿的内衣的人，突然开口问名字又是哪个世界的礼仪？然而，丹霞意识到自己已经太久没有和真正的人类交流，以至于忘了该怎么说话。

"……"

沉默在无意间继续着，女人的眼珠滴溜溜乱转。丹霞叹了口气，把刀重新放回桌上。话说不出口，但总得说点什么。于是，丹霞拿起旁边桌子上闲置已久的智能平板（screen board），通过神经输入功能输入了一句话。

——立刻出去。

丹霞嗓音的合成语音复述了这句话。直接使用非敬语，是因为神经输入功能的基本设定就是这样，而且丹霞也没打算对无礼的闯入者遵守礼仪。看着那个依然瞪圆眼睛直勾勾盯着自己的女人，丹霞又补充了一句：

——这里很危险。

现在差不多到了蜜蜂们结束采蜜回来的时间，如果不保持冷静，可能会让它们感到不安。更何况，这个女孩偏偏还穿了黑衣服，很容易刺激蜜蜂的攻击性。不过，丹霞并没有刻意补充解释这些。说实话，比起女孩被蜇，丹霞更担心蜜蜂们因为不速之客而受到惊吓。丹霞只是希望可以不费口舌地让她赶紧离开。

女孩依然打量着丹霞，说：

"我是李珪恩。"

——我没问你的名字。

"白丹霞老师在吗？告诉她珪恩来了，她会知道的。"

——我就是。我不知道你是谁。

"什么？"

——我就是白丹霞。

"哇!"

女人惊讶地瞪大眼睛发出赞叹,一把抓住了丹霞的双手。

"我真的一直很想见到您!非常感谢您的邀请!"

丹霞完全没料到这突如其来的身体接触和意外的说明,顿时慌了神,试图挣脱被抓住的手,却因为太久没和人互动,显得有些手足无措。好不容易退后一步,丹霞问:

——邀请?我邀请你?

"是的,邀请!您确实邀请我了。您不记得了吗?那是一个月以前的事了,但我得先完成其他地区的研究,所以来晚了……"

是不是一个月前暂且不论,丹霞从未邀请过任何人来这间小屋。她本就讨厌人类,尤其讨厌女人,特别是年轻女孩,格外麻烦。最重要的是,这个女孩仅仅因为与丹霞同是女人,就随意抓她的手,这种举动让她惊慌战栗。所以,就算喝得酩酊大醉,她也绝不可能"邀请"珪恩。

然而,看到珪恩递过来的智能平板,丹霞愣住了。屏幕上显示着一封邮件,包含了她的网络头像。虽然记不清是什么时候,但她的确用过那张乳白色条纹黑彩带蜂

(Alkali bee) 的照片当头像。

珪恩小姐，非常感谢你对我的故事感兴趣。

由于某种原因，我不再上传文章了。

如果你还有什么故事想分享，请按照以下地址来养蜂场找我吧。

丹霞完全不记得发过这条消息。但这确实是她写的邮件。邮件里有她的头像，养蜂场的地址也准确无误，甚至发出过正式的邀请也是毫无争议的事实。发送日期正如珪恩所说，是一个月前。丹霞感到莫名其妙，认真检查邮件内容，发现最底部有一行小字：

"此邮件为自动回复。"

这时，丹霞才依稀记起，很久以前决定停止更新养蜂场日记时，偶尔会有人问她为什么不再继续。她觉得逐一回复太麻烦，便干脆设置了自动回复，还附上了养蜂场的地址。此后也有过零星几次询问，但从未有人真的找来。那些人的提问，大概并不是因为他们真的对丹霞的日记感兴趣，或是想与她谈论蜜蜂，只是出于无谓的好奇心，甚至只是想找茬罢了。因此，眼前的这个女孩，珪恩，是第一位，也是唯一对丹霞的养蜂场记录感兴趣并回应了"邀请"的人。

就算是这样,依然很奇怪。因为那已经是二十多年前设定的自动回复了。

丹霞觉得非常荒唐,但还是想先听听女孩的说法,于是打开神经输入功能,问:

——你为什么来这里?

珪恩没有立刻回答,而是犹豫了一下。

"我……那个……其实在邮件里也写了,有事想拜托您。"

就在这时,某处传来响亮的嗡嗡声,一只逃离蜂巢的蜜蜂闯进了小屋。局促不安的珪恩注意到飞来的蜜蜂,瞪大了眼睛。丹霞轻轻抬起手,做了个不必在意的手势,试图转移珪恩的视线。

"那个,这个请求可能有些冒昧……"

珪恩依旧紧张,目光始终锁定那只蜜蜂。丹霞正想通过神经输入告诉珪恩,越关注蜜蜂反而越容易被蜇,别管蜜蜂,继续说正事,珪恩却抢先问道:

"就是,可以让我被蜜蜂蜇一下吗?"

怎么会有这种疯子。

真应该立刻把她赶出去。丹霞为自己当时没有马上行动而后悔不已，她叹了口气。珪恩说绝对不会在观察期间打扰丹霞，但丹霞还是不可避免地会注意她。她就像个巨大的白色麻袋一样紧跟在丹霞身后。丹霞借给她的养蜂服对她来说太大了，网纱面罩后脑勺部分的拉链也没有完全拉上，很是碍眼。丹霞皱起眉头，紧盯着珪恩的后脑勺，然后转过头去。

珪恩自称昆虫研究者，目前正在研究昆虫的毒性和攻击性，所以想亲身被蜜蜂蜇一下。为什么突然提起昆虫研究？莫名其妙。为什么现在竟然还有人研究昆虫？转念一想，既然像丹霞这样在这个年代坚持养蜂的人尚且存在，那有其他类型的怪人也不足为奇。尽管满心疑虑，丹霞最终还是没有把珪恩赶走，而是允许她在养蜂场里观察蜜蜂。毕竟，名义上，的确是丹霞"邀请"了她，尽管那个所谓的"邀请"并非丹霞的本意，而且距离她上次更新日记也已经过去整整二十年了。

"待在这里，早晚会被蜜蜂蜇。"

丹霞慢慢开口道。在蜂群中需要保持高度紧张，因此无法使用神经输入功能。

"所以，不要故意被蜇。"

这个警告不是为了珪恩，而是为了蜜蜂。蜜蜂的刺呈倒钩状，一旦刺入便难以拔出。蜜蜂蜇人之后，内脏会被拉出体外，受到致命伤而死。蜜蜂也是个体，为蜂群服务的每个个体的死亡却并不能与其他生物个体的死亡相提并论。话虽如此，但最好还是尽量避免蜜蜂的死亡。听了丹霞的解释，珪恩流露出令人费解的表情。不知道她是被吓到了，还是对这件事产生了好奇心。

丹霞本以为珪恩会很快失去兴趣，但此后将近半年时间，她都坚持来养蜂场。有时只是露个面便离开，有时几乎待一整天，有时消失十多天才出现，开心地问候丹霞，解释说自己去了远处出差。珪恩在身旁观察丹霞的工作，偶尔笨拙地模仿，同时帮忙做一些小事。她会在智能平板上做记录，拍照片，向丹霞提问并听她解答。丹霞的生活仍然像以前那样日复一日，在某个方面却彻底改变了。珪恩接连不断地问她养蜂过程和蜜蜂生态，丹霞非但没有如想象中那般厌烦，反倒意外地感觉向别人讲述蜜蜂和养蜂知识是一件颇为愉快的事情。如果一定要分辨的话，珪恩并没有为丹霞的生活增添不快，反倒像多了一种细微的愉悦。尽管如此，丹霞还是带着一丝疑虑观察着珪恩。

首先，从外表看来，珪恩是一位像模像样的研究人员。

她时不时地认真翻阅满是图表和公式的外语论文，神情专注，观察力也很出色。她很快便发现，在丹霞的蜂场中每个蜂巢里的蜜蜂种类都不一样。没过多久，她还了解到，这些蜜蜂采集的花粉也各不相同。其实，丹霞除了饲养古代养蜂人养过的主要驯化品种之外，还饲养了多种野生蜜蜂。丹霞告诉珪恩，古代养蜂人只饲养名为西方蜜蜂（Apis mellifera）的驯化品种，但单一品种极易受到蜂群崩坏征候群（CCD）的威胁，甚至一度导致它们濒临灭绝。因此，她的蜂场里养殖的蜜蜂种类多达几十种。珪恩听完丹霞的解释，出乎意料地回答说：

"每种蜜蜂会导致不同的痛感反应，看来我要挨个被蜇一下了呢。"

这叫什么话？话说回来，真的必须亲自被蜇吗？

这样的小疑问每天都在增加。首先，珪恩觉得虫子恶心。如果是别人还好说，可是昆虫研究者怎么会如此厌恶研究对象呢？蜜蜂稍微好点，但每当除了蜜蜂之外的螨虫、白蛆等幼虫粘在手上时，珪恩就会轻声尖叫。还有，珪恩似乎在花费更多的时间观察养蜂人丹霞，而不是蜜蜂或其他昆虫。其实丹霞也想过，这可能是因为自己的工作与蜜蜂有关，但有时又微妙地感觉到自己似乎成了珪恩的研究对象。

然而，那段时间，丹霞并没有深入探究这个问题，而是置之不理。也许是因为不想失去那份小小的乐趣。珪恩非常认真地聆听丹霞的讲述。当丹霞偶尔说到"感觉自己是蜜蜂们的一部分，也是蜂群本身"时，珪恩并没有像其他养蜂人那样嘲笑她。珪恩不仅对蜜蜂和养蜂，也对丹霞的想法和感受很感兴趣，因此丹霞第一次有了与人深入分享自己日常生活的经历。有时珪恩十多天不出现，丹霞还会感到空虚。不知不觉，丹霞已经习惯了有人可以交谈或倾听。

虽然长期与人隔绝，但那其实只是因为没人可以分享内心感受吧？丹霞承认了自己羞于承认的内心。从刚开始养蜂就是这样。丹霞很想向别人倾诉观察蜜蜂时的惊奇感受，以及这份充满喧闹的孤独的工作。这就是她上传养蜂场日记的原因。当然，丹霞知道这一切对珪恩来说只是研究和工作，但即便如此，她也并不讨厌珪恩渗透到日常生活的各个角落。

正如起初希望被蜜蜂蜇的请求那样，珪恩对被蜜蜂蜇这件事最感兴趣。已经是养蜂熟手的丹霞对蜜蜂非常熟悉，很少被蜇，所以主要是在她旁边手忙脚乱的珪恩被蜜蜂蜇。然而，尽管被蜇的部位几乎每次都红肿到鸡蛋那么大，但珪恩并没有感到很疼，反而会将一个巴掌大小的装置放在被蜇的部位分析着什么。那时的她面色极为冷漠，甚至看起来像几乎感觉不到疼一样，这让丹霞有些悚然。当丹霞检查珪恩的伤口状态时，珪恩却像往常一样大呼小叫："呃，我的手臂好恶心。"好似之前那种冷静的态度从未存在过。

某天，丹霞被蜜蜂蜇了很多次。那天是采蜜的日子。采蜜本是蜜蜂最敏感的工作，所以丹霞不让珪恩近距离观看，偏偏那天熏烟机效果不好，烟雾较少，丹霞被蜇了。丹霞被蜇了几次后，只得满脸浮肿地停止采蜜。回到小屋时，珪恩满脸惊讶。丹霞满不在乎地做了紧急处理，但最终还是忍不住呻吟了几声。

珪恩愧疚地将设备放在疼痛的丹霞身上，开始在旁边记录和观察她的疼痛部位。丹霞心里并没有那么不舒服。因为这是珪恩一开始就想做的事。珪恩记录了一会儿，放下笔记，说：

"您已经养蜂这么久了，被蜇还是会很疼吗？"

"疼啊。"

丹霞抚摸着被蜇的部位回答。虽然不像刚开始时那么疼,但还是很疼。这或许是因为丹霞极其小心,且感官非常敏锐。据说,过去有的养蜂人被蜜蜂蜇得太多会产生免疫力,被蜇几下也只会感到微微刺痛。

"那您为什么要冒着被蜇疼的风险继续养蜂呢?"

面对珪恩的问题,丹霞没有多想,直接回答:

"因为能感觉到活着。"

说完后,丹霞对自己的回答感到有些惊讶。她从来没有对任何人说过这样的话。这并非随口乱说。丹霞在养蜂时真的有种活着的感觉。置身数万只蜜蜂之间,总有一种难以言喻的感知紧紧攫住她。这种感知让她在这个世界牢牢扎根,让漂泊半生、自觉不属于这个世界的空虚的她感觉到"活着"。这种活着的感觉并不等同于疼痛。它来自养蜂的总体感知,但疼痛显然已经融入其中。

"活着?"

珪恩冷冷地问道。丹霞瞬间有些慌张,直视着珪恩。

那句话似乎是珪恩无意中脱口而出,她很快变换了脸色,但丹霞无法忽视这个简短的问题。

"那你的意思是,没有在'活着'吗?"

珪恩犹豫了一会儿,沉默片刻之后连忙微笑解释:

"当然活着。只是那句话给我留下了深刻的印象。"

但那短暂的犹豫给了丹霞某种确切的信息：累积至今的所有疑问都在指往同一个方向。

那天，丹霞躺在床上看着天花板，难以入眠。丹霞很享受和珪恩一起度过的半年时光。她不知道自己竟有一颗老人般的心，那样渴望向某人讲述自己的故事。她和珪恩只是偶然通过养蜂场日记和观察研究联系在一起，无论如何解读都不能说是朋友关系，但丹霞还是久违地感受到了将某人带入自己封闭世界的喜悦。如果一切都只是骗局，她将如何回忆这些日子呢？

不出所料，没过多久珪恩便说将结束观察，而直到那一刻丹霞还在犹豫。面对珪恩友善的态度，丹霞并不想执意追问内情。珪恩说，非常感谢丹霞迄今为止的帮助，听她谈论蜜蜂的日子很幸福。现在只需要整理记录的内容继续研究就可以了，以后会通过网络再联系。或许这一切可以微笑着圆满结束。尽管如此，看着珪恩转身的背影，丹霞还是决定做点什么。

丹霞快步走上前，说：

"等一下。走之前，给我看看你的观察记录。"

珪恩停下脚步，转过身，怪异地皱起眉头。

"观察记录？"

"是。你不是一直在记录我吗？"

"嗯？对……可是，为什么现在突然……"

"有什么问题吗？我是想看关于我自己的记录。"

"抱歉，您说得没错，可是……现在不行。太突然了……还很杂乱，而且掺杂着许多个人感想。嗯……请给我点时间，我整理一下就发给您。"

丹霞看着语无伦次，同时试图把智能平板藏在背后的珪恩，感觉自己遭到了背叛。丹霞堵住小屋的门，向珪恩的智能平板伸出了手。如果珪恩不肯出示研究记录，就算强行拿走她也要看。她可以在这里站几个小时，直到珪恩交出来。

珪恩来回打量着被堵住的小屋门口和丹霞，沉默了许久，无奈地递出了智能平板。

观察记录充满了外语手写体和疑似专业术语的缩写。珪恩可能以为丹霞看不懂，所以才会交出来，但其中不时夹杂她潦草记录的一些想法，足以证实丹霞的怀疑。原来，珪恩不是昆虫研究者。观察记录的内容大多是关于丹霞，以及丹霞"感受"到的感知。

"你到底为什么来找我？"

丹霞生气了。她以前从未感到如此强烈的愤怒。就像刺伤全身的剧痛般的愤怒。

"为什么偏偏选择我？你是来取笑我的吗？在这样的世界里做这种没必要的事，拼命努力活下去的样子很可笑吗？现在，你还要嘲笑我，把我当成取笑的对象展示出去吗？"

丹霞不愿意相信，但事实就摆在眼前。

珪恩是一个不"专注"的人。

在观察记录里看不懂的缩略语之间，丹霞也清楚地看到了这样一句：

为什么在一切虚假的世界里，有些人依然能感觉自己"活着"？

"专注"是确保不陷入虚无并活下去的规则。

丹霞讨厌不专注的人。这个世界是由巨大量子计算机中的量子比特服务器再现的仿真模拟（simulation）世界，而真正的人类早已不复存在。这个事实越思考越是让人感到巨大的空虚。不专注于这个世界的人往往会嘲笑其他人，似乎只有他们知道真相一样。他们想不断地复述每个人都知道的事实：**反正我们没有实际存在的物**

理身体只是飘浮的数据罢了，甚至连缸中之脑都算不上。 而这句低语，曾将过去的人类推向集体自杀。

最初迁移到数据世界的早期数据人类，并不知道"专注"的必要性。他们每时每刻都意识到，甚至不必要地过多提醒着自己是抛弃肉身、迁移到量子比特世界的数据精神。在不到几年的时间里，他们赖以生存的文化遗产——在真实的地球上拥有肉体但现已灭绝的古人所创造的精神基础——与不再拥有肉体的早期数据人类之间出现了裂痕。

既然没有肉体，为什么还需要基于肉体的感知、情感和行为呢？为什么悲伤时需要身体颤抖、心口疼痛的感觉？为什么陷入爱情时需要心脏仿佛要爆炸的感觉？拥有肉体的古人的文学、音乐、艺术和舞蹈对新人类而言，还有什么意义？现在，人类只是对自身的物理存在、稳定和周边环境毫无贡献的数据碎片，那么人类应该追求什么而活呢？作为对无数疑问的回答，早期人类选择的方向是，探索没有肉体存在的情况下，人们所被允许的最遥远的感知和意识。

他们感知到了磁场、电场、超声波和红外线，试验了感知辐射和空气中每个分子的能力，同时感知到了不同种类的电磁波频谱,并开始发觉引力波和时间的曲率。他们试验了相互联结的集体无意识,尝试成为同时存在于多个空间的多维存在。然而,没有什么能给予他们活着的感觉,或是所谓的存在感。他们越尝试摆脱人类肉体体验的不同感知,反而越清楚地认识到,这个世界不是物理现实的完美复制,只是临摹罢了。这是基于被困在人类肉体里的古人所经历和理解的知识基础所模拟出来的世界,所以在这个界限之外的部分看起来就像是一幅滑稽的草图。于是,早期人类逐渐跌进虚无的陷阱,深深地陷入自己不算活着,严格意义来说甚至并不存在的想法。

在早期人类历经大规模自杀和群体再生后,现代人类通过抹去记忆而诞生,他们是刻意学习要"专注"于世界的一代。

专注是铁律。专注是把这个世界看作物理现实般生活下去的行为。专注是假装不知道这是虚假的世界,并在所有人之间达成共识。就像古人明明知道所有人都会死,却每分每秒都在逃避死亡的重压一样,专注就是逃离盘踞在这个世界的虚无本质并活下去。

因此,丹霞认为遇见珪恩与受到侮辱没有区别。如果不专注，认为这个世界是假的，那么丹霞所做的事情就没有任何意义。大汗淋漓地检查蜂箱、照顾蜜蜂，品尝不同种类的蜜蜂采来的各种香味的蜂蜜，被蜜蜂蜇得很痛却依然每天早晨走到养蜂场，想象自己在数以万计的蜜蜂之间成为蜂群的一部分，在喧闹的孤独中思考宇宙和养蜂共同的孤立感——都没有任何意义。反正这个世界上没有蜜蜂，没有蜂蜜，没有宇宙，甚至被蜜蜂蜇伤或者出汗的身体其实也都不存在，那这一切还有什么用呢？

丹霞非常生气，甚至想向管理局举报珪恩。据说管理局会对那些不专注的人采取警告和惩罚措施。丹霞越想越是不寒而栗。如果早知道珪恩是这样的人，她根本不会和她说话。可就在办理网络举报手续时，丹霞突然觉得哪里不对劲，停了下来。

所以说，珪恩究竟在研究什么呢？

珪恩自称昆虫研究者，但那显然是谎言。然而，丹霞粗略看过的观察记录也并不是一堆毫无意义的文字集合。也许珪恩在研究感知的说法是真的。但珪恩既然是一个不专注于这个世界的人，那么在一个虚假的世界里研究感知又有什么用呢？

丹霞清空举报材料，看着天花板骂了句脏话。因为被卷入一件麻烦事而无法停止思考，这就是为什么人们讨厌那些不专注的人。

接下来的一周时间，丹霞每天早晨都去养蜂场。她汗流浃背地努力工作，天黑时吃下抹了自己亲手收获的蜂蜜的吐司面包。然而，已经开始的念头并没有停止。渐渐地，她的感知变得奇怪。一周后，丹霞开始感觉自己的所见所闻、皮肤上流下的汗水、吐司的味道，全部都开始像肥皂泡一样滑溜溜地流走。

丹霞非常生气，久违地决定出门走走。

珪恩居住的社区是一个仿佛由玩具打造的村子。珪恩的房子上挂着一个装饰邮筒，上面用孩子般的难看字体大大地写着她的名字，很容易就找到了。而且，房子像极了模型，一切都是与原色格格不入的发光的塑料。这里的模拟再现毫无诚意，根本无法与精致的养蜂场相比。丹霞皱起眉头环顾着这个陌生的社区，毫不犹豫地敲响了珪恩的门。通过珪恩之前发送的网络消息，丹霞找到了珪恩的住址。

珪恩探出头，睁大了眼睛。丹霞气呼呼地说：

"可以聊聊吗？"

珪恩打开了门，看上去十分沮丧。丹霞皱着眉头走了进去。珪恩让丹霞坐在客厅的沙发上,几分钟后从厨房端出了茶杯。客厅里弥漫着蜂蜜的甜香。丹霞看到珪恩把茶杯放在桌子上,再也忍不住了。

"你到底想做什么?'这个世界都是虚假的,为什么那个人会做出如此可悲的事情?'不久前才写下那些欺骗性的记录,现在却请我喝蜂蜜茶。这反正也是假的液体,不是吗?"

"丹霞老师,我发誓,那真的是误会……"

珪恩依然一脸沮丧地说道。

"我知道,我真的很垃圾,糟糕透顶。但我真的没有那样看待过您,也不认为蜂蜜、蜂蜜茶是假的液体就毫无意义……"

那么这一切到底是怎么回事?丹霞用眼神示意珪恩做出解释。珪恩深吸了一口气,说:

"我至今一直在追踪'活着的感觉'。虽然也想在接近您时坦白自己的研究内容,但我当时做不到。因为我发现您真的专注于蜜蜂的世界。您应该也明白,'专注'既是严格的世界规则,但同时也很脆弱。只要稍微想起这是一个虚假的世界,它就会被打破。"

可悲的是,这是事实。珪恩并没有亲自对丹霞大喊这是一个虚假的世界，但丹霞仅仅是因为知道了珪恩的立场，此后就一直无法停止对这个虚假世界的思考。

"不久以前，一种可怕的感觉蔓延世界各地。不再活着的感觉。这也是导致早期人类集体自杀的原因。我同样被这种感觉所折磨，所以开始研究感知。我认为这是因为专注规则存在一个根本性的缺陷。专注的规则迫使我们产生错觉：我们拥有身体，身体的感知是实际存在的，这些感知中产生的情绪和感受伴随我们的生活。但这种错觉与现实不符，所以无法维持。"

珪恩具体而坚定地解释了自己的研究。丹霞隐约猜到了接下来的故事，但那也是她不想指出的事实。丹霞和珪恩生活的世界以及其中的个人，虽然由量子计算机的无数量子比特组成，但整个模拟资源终究存在局限。虽然可以大致模仿古人体内的器官，但无法用量子比特逐一模拟分子、原子、电子及其复杂的相互作用。

因此，无论人们多么努力地专注其中，某天必定会遭遇陷阱。实际上我们没有血液循环，没有激素分泌，也不存在神经刺激。只凭感知，不可能做到真的一模一样。情感也同理。情感是拥有身体的古人对自己的身体反应和大脑预测外部环境的解读方式。不是因为悲伤而呼吸急促、流泪，而是将呼吸急促和流泪解读为悲伤的结果，这就是情感。然而，在几乎省略了构成情感基础的所有感知，尤其是身体最重要的内在感知的世界里努力尝试感受情感，只会让人们直面这是虚假世界的事实。

"这些我都明白，那接下来该怎么办呢？没有答案。没有解决办法。我的研究原本也走向了这样悲惨的结局。毕竟，这个世界是虚假的，我们的感知和情感也是虚假的，专注总有一天会被打破，我们最终也只能像早期人类一样，陷入巨大的虚无，选择删除自己……但就在那时，我发现了丹霞老师写的养蜂场日记。"

丹霞这才明白珪恩起初为什么来找她。很久以前，丹霞在养蜂场日记里写了很多内容，大部分关于感知和感觉。关于在满是蜜蜂的院子里感觉到的紧张和孤独、快乐和悲伤，还有蜜蜂触碰鼻子的感觉，养蜂服被汗水浸湿后粘在皮肤上的触感，以及心跳加速或减慢的感觉。丹霞真实地感知到了这些感觉，感知到了自己属于这个身体。

"我真的很想见您，但那已经是二十多年前的文章了，我没期待还能联系到您。可是，那些日记改变了我的观点。我开始不断发现线索。尽管这个世界的一切都是谎言，但有些人真的感觉自己'活着'。即便没有身体，似乎也能感知到身体。不被空虚支配。我开始寻找那些人的案例做研究。为什么他们能做到?在这个所有人都陷入虚无的世界里,是什么造就了'活着'的感觉?我真的很想知道,绝对没有任何侮辱的意思,相反,我非常迫切地渴望答案。因为那似乎会拯救我。在您之前,我调查了几个其他案例,但进展不大,所以抱着试试看的心态给您发了信息。收到回复时,我真的非常高兴。"

珪恩说话时看着丹霞的眼睛似乎在闪闪发光。但根据珪恩刚才所说,当她对丹霞微笑、惊讶或抱歉时,她的真实内心或许会像洞穴一样空虚。尽管如此,她还是采取了这样的表情和态度,可能是希望借此来触及真实的感知和情感。

"那你这次找到答案了吗?"

"说实话,我不确定。可能是因为我能力不足……但还是证实了几个猜测。在我调查的大多数案例中,包括您在内,那些有存在感的人,拥有的模拟资源被大量分配给了内在感知。也就是,疼痛、饥饿、肌肉或神经运动感知。但这不足以解释一切。因为就算分配得再多,由于分子单元相互作用重要的生化现象特征,模拟极其肤浅。但有件事我很确定。比如……"

珪恩盯着丹霞说道：

"虽然我无法解释这如何实现，但活着的感觉是真的。难道不是吗？您在养蜂场的时候感到自己活着，那些情感和感知都是真的。当您生气地说因为我而打破了专注时，是真的很生气。虽然我无意中破坏了您的专注，但您应该没觉得生气时的感知和情绪是假的吧。活着的感觉本身并没有被破坏。其他案例中也有类似情况。一旦人们感到自己活着，这种感知就会始终如一。"

"我来找你，也是为了说这个。"

丹霞打断珪恩的话，微微皱起眉头。

"严格来说，不是没有被破坏。"

珪恩对丹霞的话感到十分惊讶。

"是的，我仍然感觉自己活着。但与此同时，我不禁意识到，这个世界、我和你都是量子比特的模拟。最近，我的感知开始变得怪异。根据你的说法，这似乎是因为我无意间分配了大量模拟资源到内在感知，但我现在意识到了这一点。红不再像红，甜不再像甜。紧张时的出汗或心跳加速，也让我感到奇怪。"

珪恩听完丹霞的话，显得有些不知所措。

"呃，对不起……给您添麻烦了……"

但丹霞说这些，并不是为了责怪珪恩。

"那就答应我的要求。"丹霞直截了当地问道，"你能带我去下一个研究现场吗？"

珪恩似乎完全没有预料到丹霞会提出这样的要求，一时没有任何反应。但很快，珪恩再次睁大眼睛，看向丹霞。

为什么会感到自己活着？为什么会感到自己存在于这个世界？在珪恩提出这些问题之前，丹霞在自我封闭的世界里过着平静安乐的生活。她深深地专注于这个世界，不曾质疑活着的感觉。可是，一旦开始产生疑问，这些就不再理所当然了。

现在，丹霞无法完全确定自己活着。尽管如此，她还是想知道感觉自己活着的原因，想认识和自己有同样感觉的其他人。为此，她可以逃离执着至今的蜜蜂世界。丹霞与珪恩不同，她知道活着是什么感觉，所以如果见到其他类似的人，她或许可以找出原因。丹霞没有说出这些想法，但珪恩沉默了一会儿，似乎猜到了她的意图。

珪恩向丹霞伸出手，说：

"好，和我一起去吧。"

为了见到那些即使无法专注于世界但仍然感觉自己活

着的人,丹霞和珪恩从天涯走到了海角。

正如珪恩所说,人们已经丧失了存在感和活着的感觉。然而,由于许多人渴望活着的感觉,因此共享区域的大量模拟资源被分配给了刺激性的赌博。她们避开老虎机发出的耀眼光芒,离开赌博区,看到了一座由碎片堆积成的小山。那是数据堆,人们在此夜以继日地挖掘古人留下的陈旧娱乐工具。有人看着古老的数据,连连点头,似乎很感兴趣。她们听说一个古怪的历史学家长期住在这里,但大多数人都面无表情。丹霞试图和那些人说话,珪恩阻止了她,说这里的人沉迷于古人的垃圾数据,和赌博区的人没什么区别。

此外,在另一个地区,她们遇到了试图在痛苦和暴力中寻找存在感的人。他们将个人模拟资源全部投入到了精确疼痛的再现之中,组成了一个宗教社区。在那个村庄里,一个能以最奇异的方式对他人施加强烈疼痛的人登上了高位。但他们同样满脸空虚地走来走去,看来在痛苦中找不到活着的感觉。

几次一无所获的会面之后,丹霞和珪恩开始调查网络海洋中漂浮的孤岛或流浪小行星。在网络上传播的众多思想碎片中,她们也主要关注那些在真空中游荡、不与他人互动的碎片。珪恩说她以前找到丹霞的养蜂场日记就是用了这种方法。在这个世界里，那些依然感觉自己活着的人很可能就像很久以前的丹霞一样，想和他人分享这种感觉，但最终失败并且被孤立了。

筛选出调查对象以后，她们小心谨慎地接近。正如丹霞讨厌那些不专注的人一样，这次遇到的人可能也会如此。在正式见面之前，她们收集了尽可能多的信息，提前了解这个人有多专注。大多数情况下，如果不具体提及专注的规则，而是委婉地表示正在调查不同的场景、准备制作一部关于感知的纪录片，礼貌地接近，对方就不会拒绝见面。她们的猜测没错，感受到存在的人确实想与别人分享这种感觉。

丹霞和珪恩先后见到了一位灯塔看守员和一位专业潜水员。灯塔看守员独自在海岸悬崖的灯塔上工作，每天管理灯塔、维修设备、记录天气状况和船只的异常情况。出乎意料的是，乘船往返海上的人特别多。然而，灯塔看守员对出海或乘船本身并不太感兴趣。他说自己最喜欢的事是看着海岸边的候鸟跳起群舞。有时，他觉得自己是鸟群的一部分。他详细描述了那种感觉：与群体共享方向感，全身都知道要去哪里，增加了一个移动轴，仿佛置身于广阔的三维空间。一向沉默的灯塔看守员，只有在聊到鸟类时才变得健谈。

灯塔看守员冷静、善于沉思，在悬崖下的石子地遇到的潜水员却特别唠叨。他一见到丹霞和珪恩就开始说个不停，就像憋了十年没能闲聊一样。他热情地讲述屏住呼吸深入水下是多么刺激，还讲述了遇到鱼群或珊瑚礁时浑身战栗的感觉，甚至开始向丹霞和珪恩讲授潜水的基础知识。他说潜水员不多，但还有另外两名同事想分享他们的想法，似乎迫不及待地要把丹霞和珪恩拖到海里介绍给同事。她们厌倦了潜水员的喋喋不休，借口还有急事，勉强脱了身。

"看来孤立或孤独并不重要……"

珪恩疲惫地说道。不久之后，她们还见到了水族馆管理员。也许海洋或水是那个关键因素？珪恩似乎也有和丹霞类似的疑问，并开始仔细观察水族馆里的水。水族馆管理员也表示，当他看着水族馆里成群活动的海洋生物时，感觉自己仿佛融入了这些生物之中，切实感受到了自己活着。但他也表示，这种感觉并不一定会带来喜悦之类的好东西。活着有时也让人感到窒息和害怕。尽管如此，唯一确定的是，他感觉自己活着并且存在。

"也许生物的群体行为发挥着某种重要作用?其他人也不断提到候鸟群、鱼群和珊瑚群。"

丹霞也突然想起了自己看着蜂群时体会到的奇怪存在感。然而,她们后来遇到了更多无法通过这个共同点解释的人,只得再次放弃这个假说。例如,丹霞和珪恩接下来拜访的人在游乐园里制作肥皂泡。然而,他并不是制作许许多多小泡泡,而是善于制作一个大泡泡并令其保持很长时间。丹霞和珪恩亲眼看到他制作的大肥皂泡在空中飘浮了很长时间,不禁发出感叹。他把圆环递给珪恩,说这可不是看起来那么简单,是一项需要持久训练的技术。珪恩也试图效仿,但她制作的肥皂泡还没脱环就惨淡破裂了。肥皂泡制作员咯咯笑着说:

"肥皂泡的表面很神奇吧?每时每刻都在反射不同的光。甚至你和我看到的颜色也不相同。你永远都无法确定它的颜色。如果你试图抓住,它就会爆裂。我不知道这样说是否准确,但我认为自己似乎也是肥皂泡。这话太让人难为情了,所以我从没告诉过别人。"

所有感觉自己活着的人都生活在不同的场景和日常生活中。他们都有自己的感知和故事,丹霞和珪恩也被他们的讲述所同化。有时她们似乎可以从他们的角度顿悟到什么是活着。可一旦离开那些场景，便只剩下困惑和疑问。因为除了感觉自己活着之外，他们没有任何共同之处。

有人专注于内心的感知，有人专注于外部的视觉、听觉或触觉。有人生活在大自然中，有人生活在人造空间。有人与他人隔绝，有人与他人积极互动。他们都是这个世界上少数拥有鲜明存在感的人，但他们又太不相同了，无法仅凭这点归为一类。

那么，所谓活着的感觉难道只是一种偶然吗？就像礼物或诅咒一样降临到某些人身上，而没有获得的人就只能放弃拥有它吗？丹霞曾短暂地有过这样的想法，珪恩似乎也没什么不同。丹霞感受到了珪恩的绝望。看着珪恩逐渐神情麻木，丹霞为此感到难过，她也很惊讶于自己对珪恩生出的这种亲密感。丹霞迫切想找到关于存在感的线索，不仅是为了自己，也是为了珪恩。

如果那不能用语言表达，是否需要找到语言之外的其他方法？

不久之后，丹霞决定独自重访某个地方。那是她们最初经过的区域，数据块随意堆积而成的垃圾山。和之前看到的一样，那些面无表情的人仍然在那里徘徊。他们中的大多数人都在垃圾堆里寻找着古人的娱乐工具，然后匆忙消费掉并丢弃。不过，丹霞发现了一个看起来特别沉着、从容的男人。他看上去介于中年和老年之间，衣衫破旧，正坐在一张破旧的安乐椅上看书。

还没等丹霞走过去搭话，男人就认出了她，说：

"我听说过你们，两个女人满世界找东西，不知道到底在找什么。可是，为什么今天只有你一个人？"

在这个男人身上，丹霞看到了一种自现代人类诞生以来从未删除过自我或抹去过记忆的人所特有的松弛感。他说自己是历史学家，名叫偶然，在这里的古人数据堆中寻找史料。丹霞说她有问题请教，男人推了推生锈的眼镜，盯着丹霞。

"请讲。"

"我正在寻找一些资料，关于古人和现代人类之间的重大差异。换句话说，关于我们与他们的不同存在方式……"

丹霞小心翼翼地选择了用词。对方既然是无法无视事实的历史学家，那就不太可能是专注的人，但这是共享区域。历史学家突然打断了丹霞的话。

"你是想问模拟的原理吧？"

丹霞诧异地环顾四周，历史学家则满意地笑了。

"这里很安全。全部都是丧失了行为欲望的人，没人有精力举报违反规则的行为。"

"是吗?"

"不过,如果你说得太久,就会引起监视局的注意……让我想想。偶尔确实会有人对此感到好奇。与其我来解释,不如你亲自读一下这个。"

历史学家从包裹里拿出一本厚厚的教科书,递给丹霞。书的封面已经损毁,看不清标题。丹霞接过书,仔细看了看。它的体积和质感像一本书,实际重量却未能模拟出来,就像一团棉花那样轻。丹霞快速把书翻了一遍后失望地合上了。

"这不像历史记录。"

"嗯,可以找到更简单的书,但最终还是看公式更好。因为这是我们本性的语言。如果你真的不明白,就通过网络联系我。不过,网络会被监视,你得用点比喻。"

丹霞把书抱在怀里。正当她低头道谢并转身离开时,历史学家在她身后喊道:

"如果你们正在寻找的是我们的本质,那东西并不存在——你要这么想,心里才会好受些。"

回家后,丹霞立刻打开了历史学家给她的书。书中充满了 Ψ 和 δ 等令人费解的符号和公式,她在珪恩的观察记录或论文中从未见过这些符号。丹霞怀疑历史学家是不是想捉弄自己,又从头到尾仔细看了一遍,挑选了几处能理解的说明进行阅读。

假设有一枚硬币。硬币有正面和反面,如果硬币停止,它要么是正面,要么就是反面。这是一个具有0或1状态的经典量子比特。但是,让我们假设这枚硬币一直旋转。任何旋转方向都可以。这枚硬币在旋转的瞬间,便处于可能是正面或反面,或者既不是正面也不是反面的状态,是一种叠加了无限可能的组合。在有人停止这枚硬币之前,所有的可能性都是重叠的。然而,这枚硬币很特别,当有人试图测量时,它会立即停止,并被确定为某种状态。这就是量子模拟的基本单位,量子比特。

第二天,丹霞和珪恩遇到了一位即兴演奏家。他迫不及待地想表达自己在演奏中感受到的乐趣和刺激。当被问及是否可以表演时,他说,很遗憾,即兴技艺只有有人和他一起演奏才会有趣。他只弹了几小节钢琴曲,然后花了很长时间解释他的工作。

"我不知道即兴表演会如何进行。这就是妙趣所在。

如果我发出声音，搭档就会相应地发出声音。每次演奏都不一样，不可预测。在不确定性中追随可能性。在概率中游动。但有时也有这种感觉：当我发出声音的那一刻，搭档的声音似乎也同时被决定了。我发出一个声音时，感觉已经知道搭档会发出什么声音。如果配合完美，我会起鸡皮疙瘩。由此体会到的活着的切实感，真的无法用语言表达。"

更加奇怪的事情从这里开始。现在让我们想象十枚硬币同时旋转。这些硬币相互"纠缠"。如果停止一枚硬币并确定了它的状态，就算你根本不触碰，其他硬币的状态也会同时被确定。无论你把硬币放在互相靠近的地方，还是逐渐分开，最终放到相隔很远的地方，这种同时性依然适用。像这种情况，是有元件在支持这些以如此奇妙的方式纠缠在一起的硬币的稳定性，将元件捆绑在一起，就是量子比特微晶体。在量子模拟中，将多个微晶体结合起来便会构成一个量子意识个体——量子比特晶体。

接着，丹霞和珪恩又拜访了一位玻璃工匠。他首先展示了在炽热的火炉中熔化玻璃的奇异景象。他用吹管向熔化的玻璃吹气并旋转，塑造成特定的形状。他又通过语言描述了将玻璃熔化、吹制、部分打磨，最后制成花瓶或玻璃杯之类的物件的过程，还说这项工作最神秘的部分在于熔化的玻璃本身。

"玻璃现在处于不确定的状态，既不是固体也不是液体。它可能成为任何东西，但也尚未成为任何东西。表面上看，是我通过打磨玻璃来制作一些东西，但其实当我向玻璃吹气的那一刻，这种可能性就已经被确定了，所以那时我就已经知道玻璃会成为什么样了。在开始动手的瞬间，尽管还没有完成，但它的形状已经确定了。这种表达很奇怪，但我在那一刻会分不清玻璃和自我。好像我就是那种不确定状态的存在。"

现在，丹霞的脑海中浮现出一些似懂非懂的想法。那些看似无关的话语之间有着松散的相关性，但她不知道这一切与"存在感"有什么联系。珪恩似乎比丹霞更困惑。丹霞感觉原本熟悉的感知正逐渐模糊、崩溃，珪恩却说当她继续这段旅程时，有一种从未经历过的感觉，但无法用语言或动作来解释。

"也许这起初就是一个无法解决的问题。所以，早期人类最终走上了那条路……"

珪恩说着,长叹了一口气,这是至今丹霞见过的她最沮丧的样子。即使这沮丧只是表面的模仿,丹霞也感觉自己与珪恩共情了。丹霞认为有必要暂时中止这段旅程,她们需要一些时间回顾迄今为止所做的调查。

刚好共享季节正在发生变化。在此期间,丹霞任由养蜂场的共享季节自然更替。丹霞和珪恩开始旅程的时候是秋天,不知不觉间,冬天已经过去,春天即将到来。随着季节变换,丹霞的蜜蜂也进入了冬眠。但是现在春天来了,蜜蜂也会恢复春季活动。难道旅程就这样结束了吗?尽管丹霞有种不好的预感,但她还是告诉珪恩,她需要回养蜂场一段时间。

珪恩像一只无精打采的小狗般回答:

"我也要跟你一起去。"

"随你便。"

丹霞感觉到一丝怜悯和怪异的安心。

丹霞带着珪恩回来了。养蜂场一如既往地熟悉而平静。积雪融化的地方,地面变得坑坑洼洼,看起来需要修整,蜜蜂在越冬期间数量减少了很多,但幸运的是,它们看起来很健康,没有大的疾病。丹霞慢慢地巡视宁静的养蜂场,突然感觉自己和珪恩这一年的旅程很奇怪。为什么要走那么远呢？丹霞切实感受到自己活在这个世界上，偶尔还很幸福，所以对生活没有任何不满。也许她应该就这样活下去。也许古人也不知道为什么会感觉自己活着。在他们弄明白自己的身体是什么、是否存在灵魂之前，他们就已经活着了。丹霞不知道是否应该也那样做。但如果是这样的话，那些感觉不到自己活着的人会怎么样呢？即使珪恩的情感很肤浅，她依然想要那种活着的感觉。而且，此外还有无数的人渴望活着的感觉。

想到这里，当丹霞再次审视养蜂场时，发现自己曾看到的平静景象不再平静。丹霞已经走出了养蜂场，看过了世界的太多地方。丹霞的个人模拟资源足以再现一个养蜂场和蜜蜂世界，但这不是全部，她再也无法摆脱这样的想法。蜜蜂本来就不仅是作为蜜蜂而存在，而是与相关的所有植物相连，那些植物又与包括各种菌类在内的其他生物物种建立关系，而她不可能再现隶属于这个无限连接网络中的所有个体和环境。因此，丹霞的养蜂场也不再是一个完美再现的封闭世界。丹霞再也无法专注其中。她知道了这是一个虚假的世界。就像珪恩一样。

可是，为什么她依然感觉自己活着呢？

一大群蜜蜂飞到两人面前，开始采集花蜜。数万只蜜蜂拍打翅膀发出的嗡嗡声喧闹得足以震撼耳膜。那些嗡嗡声汇聚成一团巨大的声音块，变得越来越大。哇，珪恩轻声感叹。丹霞顺着珪恩的视线看向半空，只见蜂巢附近的两只蜜蜂跳起了八字舞。其他工蜂也随之起飞，加入到集体中。丹霞以前观察过蜜蜂很久，依然无法解读蜂舞，但她为那种舞蹈总是能够即刻传达信息给整个集体而感到惊讶。蜜蜂们彼此纠缠，既是独立的个体，却也作为一个超个体行动。蜂群的飞行看似不规则，却像一个生命体一样，为了同一个目的而行动。

这时，丹霞的脑海中闪过某种想法。

集群和超个体。不确定性和重叠。纠缠和同时性。在被测量之前，无数的可能性是重叠的，确定的瞬间会与纠缠的其他个体同时确定，小的个体聚集在一起，形成一个超个体，或是那样的存在。

所有的线索都近在眼前，一直都在这里，只是因为它们各自指往不同的方向，所以没能意识到罢了。丹霞嘀咕着。

"前提错了。"

珪恩讶异地转过头。

"不是没有身体。我们的出发前提错了。我们有身体。

这个世界和我们的物理基础。再现每个意识的量子比特晶体，那就是我们的身体。"

"嗯？那是什么意思……"

珪恩一时无法理解，直直地盯着丹霞。丹霞回味着刚刚闪过脑海的顿悟，不再说话，只是呆呆地看着蜂群。蜂群很快飞远，不知不觉间嗡嗡声已经变小很久了。灵光一现的理解瞬间闪过耳畔，消失不见。尽管如此，那种瞬间依然存在。丹霞试图抓住那些始终无法理解的东西的尾巴。

如果某种身体具有怪异的特征，自己无法完全理解，而同时那个自我渴望活着，渴望理解活着，那么就算在幻想中那个自我可能也会努力去感知身体的影子。看到无数蜂群与鸟群的舞蹈时，看到熔化的玻璃中尚未确定的很多可能性时，制作试图抓住它的瞬间就会爆裂的肥皂泡时，意识到演奏一个音符的瞬间就已经确定其他音符时，丹霞和他们都看到了自己存在方式的影子掠过。其中的任何一个都与他们的实际存在方式不同。就连恰当的比喻也不是。没有什么能捕捉作为量子比特存在的、那种奇异身体特性的哪怕一个切面。尽管如此，想拥有身体的渴望、想活着的期待，从那些不完整的碎片上叠加构建了自己的存在方式。

心灵居住的地方，心灵再现的地方，或者是心灵和意识的物理基础，同时也是心灵本身。如果那是身体，那么构成丹霞这一存在的物理身体就是量子比特晶体。量子比特晶体本身就是独特的身体。这是过去任何人类都不曾有过的身体，也是构成现在所有人类的身体。它由光子量子比特组成，既不是细胞，也不是有机物。这种身体具有多重身体特性：重叠性、纠缠性、不确定性和超个体性。因为过去的人类从未有过其中的任何一种特性，所以在很长一段时间里都不认为这是身体，也无法直观地理解。然而，对于此时此刻在这里的生物而言，这个由光粒子组成的身体是自己、他人和环境存在的唯一形态和存在方式。

丹霞现在所感觉到的存在感，以人类过去的任何日常语言都无法完全描述。以量子比特晶体的形式存在，既不同于成为蜂群或鸟类的一部分，不同于成为肥皂泡的表面，也不同于成为演奏前已经确定的音符，然而，同时又是这一切。所有这些现象和捕捉，都部分地对活着的感觉有所贡献。

丹霞和珪恩坐在小山坡上观赏极光。

她们来拜访一对在极地饲养驯鹿的夫妇,途中遇到了极光。然而,直到赴约的当天,那对夫妇依然没有给出正确的坐标。她们在广阔的冻原上徘徊,尝试继续联系,直到太阳落山。虽然要找的人没有出现,但她们要找的东西开始以其他形态出现在夜空。

浅绿色的丝带飘扬、舒展,覆盖了整片天空。如果丹霞和珪恩没有猜错,那对游牧夫妇此刻应该正看着夜空,感知自己的身体性。也许正因如此,他们才觉得自己活着。虽然还不知道他们多么专注冻原生活,但丹霞至少知道眼前的极光不是真实的存在,眼前的风景只不过是曾经可以在地球极地观察到的神秘自然现象的模拟。尽管如此,这片极光还是相当逼真,足以让丹霞和珪恩暂时陷入沉默。

珪恩默默地看着极光,长叹了一口气。

"那些人说要向我们展示'世界的尽头',我们这才特意赶来,可在这广阔的冻原上该怎么找到他们呢?好迷茫啊。"

"也许他们和我们认为的世界尽头不一样吧。也可能说的就是字面意思的极点。如果他们相信北极真的存在,深深专注于这种信念的话。"

"那么,世界的尽头真的不存在吗?"

"嗯,可能……有吧?或许不是苹果的表面,而是以穿过苹果的洞的形态。"

丹霞说着,高高扬起手推了推,像是戳了一下夜空。量子比特的存在能否超越这个模拟世界,走向外部或感知外部呢?如果可能,那么发生这种现象的地方就是世界的尽头。那不会是熟悉的风景,而是将风景贯穿、扭曲或完全撕裂的怪异模样。

丹霞和珪恩重启了旅程。她们在观察蜜蜂的瞬间顿悟之后,找到了关于奇异身体特性的模糊线索,却不知道该去向哪里,依然很迷茫。她们对比了之前见过的拥有存在感的人的观察记录和量子比特晶体的特性,确认了"意识到量子比特晶体的量子力学特征,就是活着的感觉的根源"这一假说。但这并不能直接解决问题。珪恩想拥有存在感,想改变这个世界的人们被虚无感蚕食的现状。有些人像丹霞一样长期专注于特定的工作和现象,最终捕捉到自己拥有量子比特身体并活着的感觉,却也只是极少数而已。而且,丹霞在专注被打破以后也有了一种如履薄冰的感觉,也许奉劝所有人努力忘记世界是种仿真模拟,然后专注于养蜂或玻璃工艺并不是可行的解决方案。

或许需要时间。丹霞通过观察蜜蜂，直到鲜明地体会到活着的感觉、感知到拥有身体，也经历过很长时间，受了不少苦。那么，为了全面理解和认识这个身体，从非有机体身体的量子比特身体出发，规范感知、情感和语言，又需要多长时间呢？

"未来的事情让人非常迷茫。除我们之外，生活在这个星球上的大多数智慧生物，都可以看到或触摸自己的身体。这是它们的存在感的重要来源。但我们的身体自己看不见也摸不着，只能隐约意识到内在感知的影子……"

"但古人可能也经历了这个过程。他们也只是先验地知道自己活着并且存在。至于以什么方式存在，他们也经过无数次的试错，才弄明白。"

"那我们也需要几万年的时间吗？"

丹霞没有回答，再次陷入沉思。也许不需要那么长时间。生活在古典力学世界中的古人，直观地理解了自己所属尺度的现象，却始终未能理解量子尺度的现象。他们不是凭直觉，而是借助其他语言，才勉强触及理解的影子。诞生于量子比特世界的生物，所有意识都属于量子尺度。也许他们只是暂时没有意识到，因为这个世界是根据古人的经验、文化和语言模拟而成。当前世界的结构，或许就像要求出生在水中、必须进行水下呼吸的生物在空气中呼吸一样。

"我认为，我们需要一种方法去接近让我们活着的物理存在，也就是模拟服务器本身。古人的设计将管理服务器的区域和意识客体生活的区域分开了，但我们可能需要超越这一点。我们感到的空虚可能来自'什么也做不了'的感觉。为了活下去需要做一些事，但我们自己什么也做不了。现在，我们甚至无法自主判断这个世界的可持续性，我们未来生活的稳定性。况且，没必要仅因为我们的身体是量子比特晶体，就将我们的身体局限于量子比特晶体。古人也有扩展的身体，对吧？比如工具、延伸、技术之类。显然有设备在维持这个世界的物理基础。我们要试着找到并接近它。您不久前不是说很好奇外面是否还有蜜蜂的后代活着吗，就算有机体人类真的全部灭亡了，其他生命体也可能以新的面貌生活。我们可以去验证一下。呃，说不定那些生命体还会对我们的服务器造成威胁……"

听着珪恩的长篇大论，丹霞扑哧笑了出来。珪恩刚才还在叹气，现在却突然眼睛发亮，大肆谈论起未来的计划，真是太有趣了。珪恩听到丹霞的笑声，慌忙停下讲述，再次开口时都有点结巴了。

"呃，所以……这很危险。我们必须慎重。如果仗着手里有改变世界的工具就随意使用，结局就会像古人一样。他们摧毁了自己唯一可以居住的星球……但是……"

"你说得对。"

丹霞点点头。

"或许我们必须生活在这种矛盾中。想要感知到活着的渴望，想要理解存在方式的心愿，在某些方面可能会摧毁我们存在的基础。但我们无法回到一无所知的状态。"

珪恩听着丹霞的话，转头看向极光。

"我也这样认为。"

她们还不知道该去哪里，但至少明白了一点：必须从活着的感知出发。这个世界和这里的人们绝对不是虚假的存在。他们只是以一种不同的方式，任何生物都不曾体验过的方式存在而已。

眼前的极光变换了颜色，散发出乳白色光芒。丹霞想到了自己特别珍爱的黑彩带蜂，那些在阳光下美丽地闪耀着乳白色条纹的蜜蜂，那个她曾经真心爱过、倾注了心血的世界。丹霞知道，自己现在再也无法完全专注于那个世界了，过去的感知和感觉正在逐渐远去。丹霞预感到，看着蜜蜂时体会到的那种活着的感觉、鲜活感和那种情感的波澜，再也不能以和过去同样的方式体验到了。因为那些感知本来就不完全属于丹霞。越是具体地思考自己的身体和存在方式，就越会产生一些现有的任何现象或比喻都无法描述的不同感知。它们分散又聚合，同时存在于多个地方，却又彼此交织。现在，丹霞必须重新发明悲伤、忧郁、快乐和愤怒，她必须为那些不属于有机体、从未被定义过的情感重新命名。它们可能依然会拥有"悲伤"之类的名字，但不会是以前那样的悲伤。

这种认知唤起了一种至今尚且无法准确解释的甜蜜而温暖的悲伤，贯穿了丹霞。

一种明明存在，却无法充分解释其存在的悲伤。

一种源于意识到或许某些永远未知的事物存在边界，但我们连边界在哪里都找不到的悲伤。

尽管如此，那种悲伤中依然散发出甜蜜的味道，具有足够的探索价值。

（春喜　译）

明日的幻影，昨日的辉光

昼 温

> 昼温，科幻作家，曾获乔治·马丁创办的地球人奖、华语科幻星云奖中篇小说金奖等。作品多以语言学为主题，创造鲜活女性角色，多次被译为英语、日语在海外发表。著有长篇《致命失言》。出版中文个人选集《偷走人生的少女》《星星是如何相连的》等。

宇宙是一颗少女的大脑。

第一章 断裂

A

2026年，东A国

会议室

"——所以我们必须在三天内找到解法。喂，你在听吗？"

我睁开眼睛，吓了一跳。面前的女人盯着我，眼神混杂着焦急、责怪和担忧。

"对不起，我走神了，我……"

"没关系，现阶段出现这种情况很正常，所以我们必须在三天内找到解法。"她重复了一遍，"喂，你在听吗？"

我没有听。我环顾四周，认出这里是酒店 Ball Room 旁边的小会议室。我来东 A 国出差，考察汉语在闪语语系国度内的变化，正住在这里。过去几天，我都在这个小会议室整理录音，所以一下认了出来。只是，好像刚从梦里醒来：**上一秒，我不是还在海边吗？**

我向右边的窗户望去，铺满地平线的大海沉默翻滚着。我是怎么从海滩瞬移到这里来的？低下头，鞋帮上还粘着些沙子，只是已经干了。

我想到前两天在短视频里刷到过物体，甚至农村小型建筑瞬间移动的场景，被博主称为"五鬼搬运"，而看惯 AI 生成视频的观众们早就不信了。

"没关系，现阶段出现这种情况很正常，所以我们必须在三天内找到解法。喂，你在听吗？"

面对恍惚中的我，眼前的女人还在重复，语音语调没有一点儿变化。一股冷气瞬间蹿上我的脊背：这太不正常了。正所谓"人不能两次踏进同一条河流"，人的一生言语无数，也不可能说出一模一样的两句话：同样的语境，同样的。就算是有个人 slogan 或是口头禅的明星，每次说出来的音色、响度都不尽相同，反映在声波演示仪上就是一条条无法完全重叠的波形。

如果对方是正常人，见我不断走神，语气肯定一次比一次焦急，不厉声责备我就不错了，怎么会耐心重复？我虽然不是机器，也自诩对语言极度敏感，而她的几句话，我几乎听不出一点儿区别。

"我在听，我在听。"一边敷衍着，我一边偷偷观察她：穿着深灰色的套装，左手抱着一个笔记本，边缘处贴满了黄色和粉色的便签。不知怎的，我觉得她跟我一样，是一个科研工作者，也是一个值得信任的人。

"——喂，你在听吗？"

她又说了一遍。一模一样的语气。我吓得往后一躲，一个趔趄撞开了小会议室的门。她上前拉住了我，但在门自动闭合前，我看到了 Ball Room 里的场景，心中的恐惧达到了顶峰：通常空荡荡的大厅如今挤满了人，看上去是旅客、酒店工作人员和当地务工人员的集合。或坐或站：有的神情恍惚，穿着酒店的浴袍，紧紧抱着自己的包；有的看起来紧张过度，不断跟身边人说话，说一会儿又转向另一个人。整个空间弥漫着公共厕所的味道。

现场还有几个维持秩序的人，穿着相对体面。他们穿梭在人群中，分发什么小东西。接着我认出是便签和圆珠笔。黄色和粉色便签，贴满了墙壁、地板和人们的后背。

还没等我听清门口一对夫妇的细语，女人用力把我拉进会议室，猛地关上门。所有的声音都被隔绝在了外面。

"这里怎么了，你到底是谁？"

"你终于醒了，"女人欣慰地笑了，"看来这个办法还是很奏效。"

"什么办法？"

"你教我的办法。"女人从我的额头上取下来一张便签，是我自己的笔迹："如果我出现异常情况，请不断重复同一句话，尽量使用完全一样的语音语调。"

"这……外面的人，也失忆了？"我说着想去开门，了解更多情况。

"你千万不能让我出去，"女人死死抵住门，"你说过，现在只有我们两个会说这种语言，如果出去，我们的语言会被污染。"

"到底怎么回事?"我的脑海里闪过一百种可能性。这是一种新型诈骗,还是我在异国被人下药了?

"让我第十次介绍一下自己,"女人的嘴唇颤抖了,"我在上海天文台工作,跟你一样,正好来这里出差。你告诉我,这里出现了一场灾难,一场语言灾难。"

"如果是我,不会用这么笼统的上义词,我会给它起个名字。"我死死盯着她,还是无法完全信任眼前人。

"是的,"女人点了点头,"你给它取名,叫'辉光综合征'。"

我倒吸一口冷气,这段时间的记忆逐渐浮现出来。

B

2026年8月17日18:26,东A国,B酒店,24层,
顶层泳池边,地中海风味餐厅,C57座

OR

七天前

"。的便方不么什没活生"

眼前的姑娘笑着说。空调很足,把35度的高温挡在

窗外。东边是城市拔地而起的天际线，西边是铺满地平线的大海。不知道是沙还是雾，夕阳还没来得及接触黛蓝色的海面，就完全隐去了身形。

"。话说么这都在现人的里室公办"看见我的眼神，她又补充道。

我点点头。动作晚了两秒，等耳机里的AI助手念出调整过语序的句子。

"什么时候变成这样的？"

"。想想我，候时的效生期日派外，吧前月个三"姑娘喝了口无酒精鸡尾酒，声音流畅，像一首动人的歌。

RTL，Right to Left，从右往左的行文方式。我在笔记本上画了几个标记。这是我作为"辌轩使者"，在东A国访谈的第三个案例。

语言的行文方式，只有从左到右的横排吗？日语的文字竖排，从右往左书写，书页的顺序则和中国相反，是从左往右翻；中文大部分遵循从左往右、横排书写，部分地区还在使用繁体竖排；埃及象形文字可以横写也可以竖写，可以向右写也可以向左写，到底是什么方向则看动物字符头部的指向来判断。

姑娘出差的这个国家，当地通用语就是从右到左行文。在来见姑娘的路上，我看到路边巨大的广告牌上大多是双语，LTR 的英语和 RTL 的当地语言对称排列，呈现出别样的美感。

可是，汉语并没有 RTL 横排的先例。听到这条线索时，我以为这是什么病。在神经语言学领域深耕多年，我见过太多奇怪的疾病了。有的人一觉醒来，突然忘记了从小说到大的方言；有的人无法调动运动神经，发不出成型的音节；有的人不出声就理解不了文字；还有被阅读诱发的言语性癫痫，组织不出句子的表达性失语症……

所有的病，都跟大脑有关。

当然，可能也存在这样一种病，让姑娘大脑里的神经错乱，让语句逆流。我应该陪姑娘去看医生。甚至，便携脑电帽就在我的随身提包里。我的手伸向提包，思考如何让姑娘接受这一现实。

"！嗨！里这"姑娘突然兴奋地挺起身，招呼刚进餐厅的一群人。她们都是姑娘的同事，在一年内来到这个国家，出差或者外派。

我收回了准备掏脑电帽的手。不，这不是病。在神经语言学领域工作那么多年，我知道什么是病。听不懂、说不出、写不了。所有的病,都在指向一种情况,那就是阻碍交流。

可是在这里,姑娘和朋友快乐聊着工作和生活,交流刚做的美甲和下周末的游艇出行计划,介绍我,跟我打招呼,熟练地使用当地语言跟侍者点单。

她们都在说 RTL 的汉语。流利、丰富、进化出了小小巧思——姑娘甚至说了一个 RTL 的谐音梗,引得所有人哈哈大笑。

这是一种语言,或者说,是汉语的一个变种。几乎可以肯定,是被当地 RTL 的语言环境所影响,就像英语在全世界各地落地,生长出多种口音。

只是,有这么快吗?这帮人最早也才来一年。一年前,她们跟我一样,在北京的街头买点心,和操着京腔的大妈讨价还价。而现在,新的语言社群已经成熟,明明拥有同一种母语的我,好像一根石柱,呆呆立在飘满轻纱的房间。

还有姑娘自己。三个月而已,她的语言系统足以发生这么大的变化?这不符合神经语言学常识:度过语言关键期后,成人的语言习惯很难被改变。

我不是说不能被改变,只是速度很慢很慢。如果姑娘在这里生活了五年以上,我就不会感到特别惊讶。速度很重要:人类可以通过漫长的时间把狼驯化成狗,可以一块石头一块石头地垒起金字塔,而不是眼见一匹野狼凌空跃起,落在你脚边时就变成了泰迪犬,或是你住在埃及市中心的宾馆,早上起来看到金字塔瞬移到了眼前。

当然,常识也会被超越。如此快速的语言变化,我只在一个人那里见到过。

那就是我最挂怀的人,小光。

C

2023 年 5 月 4 日 13:50,东南亚 D 国,E 品牌游乐园,斑斓叶图案的旋转木马旁。

OR

三年前

"小光,别跑远了,不然一会儿找不着路!"

"Can 啦,can 啦~"

小光穿着昨天刚在当地买的玫红色吊带和纯白色直筒裤,戴着乐园的小熊头饰,卡通爆米花桶背在身后,手机被一条闪光的宽绳子挂在脖子上。除此之外，什么也没带。小光兴奋地在人群里穿梭。

"我说，别跑远了！"我喘口气，咬牙冲刺，一把抓住了即将消失在人海里的细手腕。双肩包危险地晃动，水壶、钥匙、钱包和水果在里面激烈碰撞。"你忘了在东京迪士尼那次，还有奥兰多那回，你——"

小光眨巴着眼睛看向我，明显已经把之前的教训抛到了脑后。我叹了口气，知道她不愿意听我说这些。

"Sis，我听话。"在我松开胳膊的瞬间，她紧紧抓住我的手，"都听你的啦。"

明明都是快到三十岁的年纪，小光还像青春期的少女一样明媚，而穿了全套防晒服、脖子上挂着个相机的我，则像极了操劳又唠叨的妈妈。

逛到小吃摊旁，我下意识又想拉她走：游乐园里的饮料和食物都太贵了，我明明带了水果和面包……

"Sis，tired 啦，drink a bit 咯！"小光不等我回答，立刻操起一口流利的当地英语跟摊主讨价还价起来，然后突然转向我，"你喝啥？"

"咖啡就好。"我的太阳穴开始疼。

"Kopi-O，Kopi-C，还是 Kopi-C kosong？"

"你在说绕口令吗？黑咖啡就行了。"太阳穴疼得更厉害了。

小光看我不舒服，不再多问，三言两语跟店主结束了战斗。

几分钟后，我们在路边的长椅上坐下，小光左手捧着一杯盛满奇怪绿色果冻的乳白色液体，右手把咖啡递给我。

"姐姐，你的kopi-O，就是黑咖啡啦。"

我点点头，想起在福建方言中，"O"确实表示"黑色"。"那kopi-C是？"

"加淡奶的咖啡，Kopi-C kosong就是无糖淡奶咖啡。"小光如数家珍，"我这杯叫Chendol，是印尼风味儿，食阁老板见我第一次喝，还给了我十八仙的折扣——"

"小光，我知道'八仙'是Percent，你可以直接说Ten Percent的，"太阳穴又突突地疼起来，我忍不住用手去揉，"你是跟我来出差的，一共就在这里待三天，你不用……不用这么快就变成一个本地人。"

"好吧。"女孩儿垂下目光，试图用吸管喝到印尼饮料里的绿色果冻。半分钟后，她用几乎听不到的声音嘟囔道："一开始，姐姐不是因为这个才喜欢我的吗……"

小光说得没错。作为一个神经语言学工作者，我当初确实是因为超强的语言天赋才注意到她。像这样三天内掌握新加坡式英语只是小菜一碟——毕竟这本身就是汉语化的英文表达，小光融入其他国家的语言环境也快得令人震惊。当然，这并不意味着她是一个多语者，离开语言环境后，她的大脑就会把那门语言毫不留情地抛弃。不同语种在生命里轮流闪光，她的个性也随着文化context瞬间切换。

我们就这样，在研究所相遇，作为研究员和志愿者，然后相知相守，成了无法分开的朋友。

而在生活中，这样的天赋有时也恼人。尤其是去印度出差的那段时间，她的口音实在是让人头疼。

不，不只是在印度。每次她的语言随当地环境变化，我的太阳穴都会突突地疼起来。语言是过去最好的载体。一个人说话的方式，会不自觉反映出她的家乡，她的教育，她的希望和向往、不甘与遗憾。神经元在大脑中编制成记忆的画卷，记忆熔铸成认知和自我，语言就在其中产生，像一束光穿过不同的载体，被折射、反射、分解、聚合、扭曲，最终落在双唇之间，变成划破空气的几个音节。

我相信语言是一个人最深沉的底色。人们不能改变自己的母语,就像无法从大脑中抹去属于过去的一切痕迹。

对于小光,并不是这样。

无论走到哪里,她都像一片柔软的薄纱,轻易就能变化成当地最常见的样子,被接纳、被喜爱。而我,永远是一根石柱子,突兀地立在那里,谁都能一眼看出是个游客。如果她用当地的说话方式跟我交流,我会不自觉感受到陌生与冒犯。

只有我们一起在中国生活、活在我也不是游客的地方时,这种感觉才好些。

她很快乐。我又在害怕什么呢?

第二章 Reshuffle

A

2026 年,东 A 国

语言的边界就是世界的边界。

当我们失去语言,就失去了认知这个世界的工具。

就在刚刚，我暂时失去了语言能力，大脑也变得一片混沌。神经元重新找到正确的连接方式后，我的记忆也慢慢回来了。至于最终回来了多少，我不知道，也不敢去深究。

在和女人商讨方案的过程中，她也恍惚了几次。我唤回她的方法，是给她看几张 A4 纸。纸上只有密密麻麻的小黑点，是她徒手画出的星图。多少个夜晚，她与天文望远镜相伴，收集跨越千万光年落在此刻的星光。星星的位置之于她，就像语言之于我。

几周前，我在此地发现了一种特殊的方言：RTL 汉语。一开始我以为只是个别现象，但逐渐发现不是：新的语言变种正在加速出现，伴随着母语的不稳定性增强。

我找了几个愿意配合的当地人，用脑电帽测试他们的神经元聚合模式，也测试了自己。结果都异常地接近语言关键期的孩子。这其实非常危险。

语言是脆弱的，也是坚韧的。我总觉得语言是有生命的东西。她在世间云游，和同伴交换元素，有时甚至会模糊自己的边界。但她的内心足够稳定厚重，不会轻易改变。尤其是那些在世间流传千年百年的语言，庞大的族群、强盛的文明、深厚的文化让她的生命力极其顽强：

也许兼容并蓄，永远坚定本心，温柔地包裹着所有使用她的人们，让无法透明的大脑吐露出澄澈的心灵，生发出相互理解的可能。

从人类个体的角度来讲，母语更是无法被撼动的存在。孩童时期习得的语言习惯，往往伴随人的一生。当然，生命中遇到的一切，都会时刻微妙地影响你的语言。流行语扫荡全球，东北话传染同伴，爱人的语言习惯逐渐趋同。语言包含了你前半生的一切，无数吐露出来的音节，是你自己的编年史。

本该是这样的，对吧？

可是，如果语言的演变速度，增加一千倍呢？如果你来到国外的第三天，就忘记了你的母语呢？

请想象一下，世界上所有生物，都解除了生殖隔离。

我深吸一口气，把会议室的门锁紧。女人说得对（或者是说，当时的我说得对），我们暂时绝对不能再和其他人交流了。会议室里有很多小面包和皮塔饼，看起来是从自助餐厅匆忙抢出来的。我不知道是谁放在这里的，决意不去深究。也许是失去了记忆的自己。

见我回过神来，女人明显松了一口气。天色暗了下来，远处的火光变得明显：这几天的时间，事故多得可怕：航空事故，交通事故，工厂事故。所有的机场都关闭了。表面上看，很多人都变成了语言混乱的阿尔兹海默病患者。我们酒店的Ball Room，就是集中"照顾"滞留当地的外国人的地方。

为了尽可能找回失去的记忆，我仔细检查两人留下的便签。一开始，我以为屋里还有其他人留下的便签：都是我看不懂的语言。紧接着，我意识到，那是我俩十个小时前的笔迹。因为语言演变速度加快，我和女人在密切交流的过程中迅速产生了只属于两人的语言。

这细想挺恐怖的，我以为在和对方用标准汉语讲话，在另一个中国人听来却完全是外语，也可能像动物的嚎叫，或是毫无意义的咕咕声。你永远不会知道，不懂的人听你的母语，是一种什么样的感觉。

甚至，女人说的话，我真的能听懂吗？如果这种语言只有两个人会讲，你如何确定，你们对同一个词语的理解是相同的？

我忍不住想起很多年前看的一本探险小说，主角遇到一个能影响人大脑的怪物，怪物只是不断发出咯咯咯的声音，主角却自动脑补出正常的语言，与之顺畅地交流了起来。

我深吸一口气,把不切实际的想法都抛诸脑后,尝试冷静下来。我和女人都是科研工作者,我们选中了彼此,才会躲在这里保持沟通。不能出门,因为一旦和其他人进行交流,我们的语言将会在他们的影响下发生不可预知的变化,一不小心就再也无法理解彼此了。

如果在国内,大家都在说汉语,情况还不会这么糟糕。而这里是世界的十字路口,酒店里装着二十几种不同母语的人,实在无法预料什么样的语言能在这样的"炼丹炉"里诞生。

很快,我们商量出了一个不算对策的对策:再挑一个中国人进来,同化掉他的语言,让三个人可以交流;然后一个一个同化酒店工作人员,保证小社群里能有一个相对稳定的交流工具。

说干就干。巧的是,我在人群里发现了那个说 RTL 汉语的姑娘,满脸困惑地蹲在酒店的一角。我俩在耳朵里塞紧餐巾纸,紧紧抓着彼此的手,穿过一群群说着异化语言的人,最终顺利把姑娘"拐"回了小会议室。

还算顺利,几番对话下来,姑娘成功地"学会"了我俩的语言。当然，也可能是姑娘把我们同化了。这里的语言变化太快，什么都有可能。

"尚影老师，"这是姑娘说的第一句（对我来说）有意义的话，"你怎么还在这里？"

"怎么了？"我愣了一下。

"你上次跟我说，"姑娘努力回忆，"再不走，就来不及了。"

"什么来不及了？"我困惑了。发生了这么大的灾难，还有什么比这更重要吗？

"你说，辉光要把你忘记了。"

仿佛一柄冰冷的利剑刺入我的脊背：我竟然，把辉光给忘了。

B

2024 年 7 月 17 日 12:20，中国 北京市 海淀区 F 餐厅

OR

两年前

"是吗，我们来过这里吗？"

小光把新买的包塞进餐桌下的篮子，自然地坐在了靠

墙的卡座上。

"你在开玩笑吧?我们每周都来啊。而且这是咱们第一次一起吃饭的地方。"我只能坐她对面的硬板凳,腰部开始隐隐疼起来。小光知道我腰不好后,每次都会让我坐卡座,并贴心地帮我垫几个软垫。可这次,她好像没有一点儿关心的意思。

也许她生我的气了。当然,这很合理。我去非洲出差了三个月,信号很差,几乎没法跟她联系。从南非到埃及,再到阿联酋,然后到北京,我用各种交通工具赶了两天路,只想第一时间见到她。

我们没有吵过架,我还不知道她生气的样子。

小光一点都没有展现出不悦,只是认真地看菜单。她穿着米黄色的紧身短袖,粉色的长裤下是一双灰紫相间的老爹鞋。她的背包上挂着一个粉色的帽子,跟长裤和耳环很相配。这不是她的风格,有人替她选了新衣服。她交了新朋友吗?

"学姐,你吃什么?"她抬眼看我,认真而尊重。

我的嘴唇抖了抖,没说话。我敢肯定她生气了。她从来没叫过我"学姐",而且,我们每次来都点同样的套餐,她犯不着这样装腔作势。

"你……你选吧。"

"好的，"小光再次低下头仔细研究菜单，就好像第一次来一样，"嗯，来一份你们招牌的栗子舒芙蕾，一份桃子甜品，再加两份拿铁，半糖。"

"杨辉光，你有话直说好不好？"我的太阳穴突突疼起来。她一定是故意的。我对桃子过敏，喝咖啡从来不加奶不加糖，这她都是知道的。

"学姐，你怎么生气了？我点的不合你口味吗？"小光好像被吓到了，眨巴着大眼睛望着我，一脸无辜。

"杨辉光，我知道，在非洲没怎么跟你发消息，是我不对。那也是物理条件不允许。而且，你就有一天想着我吗？"一阵委屈翻涌上来。永远记得那个夜晚，我接连工作了十五个小时，终于得到一点宝贵的手机信号时，却没有收到她发来的一条消息。之前在北京的时候，我们明明每天都有很多话跟对方说。我一直以为，在信号接上的那一瞬间，孤独在星球另一边的我，会被她寄送来的关心淹没。

"一条，一条都没有啊，"我的眼泪不受控制地流了下来，"你怎么能当个没事儿人一样！"

小光是真的被吓到了。她抽出两张餐巾纸，手足无措，然后又跑到我身边，胡乱拍打我的背。

"对不起，对不起！那种事情又发生了，是我不好。我告诉自己很多次了，不能去见老朋友，可我就是忍不住，该死……"

我不知道她在说什么，哭得更凶了。她干脆蹲下来，整个抱住了我。她的怀抱还是那么干净、温暖，氤氲着独特的味道。我这才平静了下来。

"对不起，影姐姐，我太健忘了，"待我终于不再哭，小光把我扶到卡座上，紧贴着身边坐下，"我几乎记不住事情。如果一段时间没有见到某个人，我也会忘记她。"

"哪怕是我？"

"甚至是我妈妈。"小光低下头，"对不起，也许当时我没有告诉你，因为我怕你会因为这个疏远我……你走了以后，我努力复习我们的聊天记录，回忆点点滴滴。我今天甚至不敢来见你……如果我忘了什么重要的事，真的，真的对不起。"

这样的面孔，这样的眼睛，我没法不原谅她。

但是，等一等，我想到了一些别的什么。

"小光，你这样情况多久了？"

"一直都是如此。除了一些基本常识，几乎没有什么东西能留在我的长期记忆里。从小到大，我所有的考试都靠临时突击搞定。"

"这能说通了。全都通了。"

"什么？"

"你的语言天赋，"我激动起来，抓过餐巾纸擦掉眼泪和鼻涕，认真看着小光，"记忆是通过神经元之间的连接和通信形成的。当我们经历一些事情时，这些经历会刺激神经元之间的连接，形成特殊的神经元回路。而对你来说，大脑神经元之间的连接更加松散，以至于新的神经回路不断形成，旧的连接则快速断开，无法形成长时记忆。换句话说，你的神经元就像小孩一样非常活跃，能够极快适应环境的变化：忘记旧的事物，学习新的语言。"

女孩也认真看着我，眼神清澈像孩童。我知道，她很快就理解了。情不自禁，我抓住了她的双手。

"我们机构见过这样的案例，也有治疗手段，你明天就过来，我给你加塞……别担心，我会治愈你。"

我热切地看着她，我相信自己是真正理解她的人。我要当她长时记忆里第一个人，深深印在里面……

"对不起，姐姐，这不是病，我不需要你的治疗。"

"什么？"

出乎意料地，小光抽回了自己的双手。她垂下目光，声音也冷了下来。

"姐姐，我不想被任何过去的事情牵绊住……我宁愿，活在明天。"

我明白了。

这不是她的疾病，这是她的选择。

C

2026 年 9 月 26 日，日落时分，东 A 国，D 海滩旁

OR

两天前

沙滩椅要收费，于是我从包里翻出一本旧笔记，随意坐在上面。距离浪花还远，沙子不至于把笔记本打湿。当然，就算打湿也没关系，所有的内容都在我落笔的一瞬间牢牢记在了脑子里。我还留着一本一本笔记，只是，为了留着而已。

日落了，夕阳很美。我看了太多遍，实在没法做到像小光那样，每次看到红彤彤的太阳，都那么激动。

她活在明天，我活在昨天。

那次重逢之时的谈话不欢而散，不过后来，我还是设法跟她恢复了之前的关系。也许还是有些不一样——彼此更坦诚了一些。

"小光，如果我们三个星期不见面，你就会忘记我，是吗？"
"对不起，姐姐，是这样的。"
"那好，我们约定，永远都不要分开，就算短暂离别，也不能超过三个星期。"
"好，我们约定。"

小光，如果你愿意接受脑部治疗，只需要一个月，你就会像正常人一样，你永远都不会忘记我……

最后这句话，我没有说出口。
这是她选择的生活。她永远有选择的权利，永远可以迎接新的生活，永远可能离开在家里堆满昨日旧物的我。

"如果真的有一天，你忘记了我——"

"姐姐,你不是那种不坚强的人。"

多么冷漠啊,随时抛弃过去的人。只是,我需要她,远远大于她需要我。

当然,我也有我的选择。

原本我可以在研究所里做某个稳定的工作,一直陪在小光身边。那别说三周,就是三天都不会分开。偏偏,我决定成为当代的𫐄轩使者。

所谓"𫐄轩",就是古代使臣所乘坐的轻便的车子。

汉末应劭的《风俗通义·序》中曾记载:"周秦常以岁八月,遣𫐄轩之使,采异代方言。"这即是说:周秦时代,每年八月在五谷入仓之时,就由最高统治者派遣一些使者坐乘轻便的车子,到各地采集诗歌、童谣和异语方言等,并以这些材料考察风俗民情,供执政者作参考。到了西汉的扬雄,就把这些采集来的材料加以分类编纂,成为一集,这就是《𫐄轩使者绝代语释别国方言》,后因这个书名太繁,人们简称之为《方言》。

而我,则是飞往全世界各地、观察并记录汉语变化的人。这是我牵头在研究所里发起的项目。

也许是那套学生时代印入脑海的语言规则太过深刻，我总想维护语言的"纯粹性"：忍不住纠正身边人的错误发音，对网络流行语嗤之以鼻，甚至在网上当过一阵"的地得"小"警察"。最让我难受的，就是每次在新闻里看到，字典里的发音和用法为了顺从大众的语言习惯而修改。

在我的愿景里，现代輶轩使者就是一道细细的鞭，去发现语言潜在的变化趋势，用一些办法将它早早赶回特定的轨道，以免横生出怪异的模样……

从此，我四处旅行，看到信息在不同语言中流变：抽象的"时间"在英语里变水平、在汉语里变竖直；"好吃的苹果"被音译成"蛇果"又变成了特定的品种；把"徽章"叫成"吧唧"的群体，喊"Goods"为"谷子"，甚至会说"吃谷""吃谷子"。边陲小店里稚嫩的双语者为了当单语者父母的翻译，过早被成人世界的语境折磨；跨国公司里的语言壁垒让员工抱团，母公司的语言像管理层一样体现出上位者的优越。在两个语种的交接处，语言像水一样交融；在孤岛语言的最深处，迸发出最为奇特的语种。

我不得不承认，语言像一条横冲直撞的巨龙，不论我做什么，都无法阻止它在每时每刻发生变化。我最多只能当一个记录者。

这令人挫败。

更重要的是，有了小光的对比，我才意识到，这一切只为了我自己。我的神经元太过稳定，连接一旦形成，就不愿轻易断开、去形成新的连接。只有旧的事物，能激起旧的回路；面对新的元素，则完全抗拒理解……

我害怕世界变成我不认识的模样。而在我的本本笔记中，这种变化正在加速。

你需要先忘记，才能记住。 小光曾这样说。

我在过去的泥潭中越陷越深，小光则骑着巨龙远去了。也许，该被治疗的人，是我？

天色已晚。在夕阳下波光粼粼的海面，已经变成在深沉暮色中翻涌的恐怖存在。该回去了。明天就是回北京的行程，再晚两天，小光该忘了我了。

第三章 重组

A

2026年，东A国

"辉光综合征，我有一套治疗方案！"我激动起来。那是我早早就备好的，只要小光愿意，我随时可以治愈她。"快，联系政府的人，联系大使馆，我——"

"你忘了，我们早就用不了手机了，"女人摇摇头，"大家全把锁屏密码忘了。"

"好吧，"我懊恼极了，"总之我能解决这一切，只是设备在北京，只要我拿到设备……"

女人和姑娘都一脸遗憾地看着我。

是啊，曾经坐八个半小时飞机就能到达的地方，如今也许一辈子都无法抵达。那些阻挡古人的高山，也将阻挡失去航空航天能力的我们。

我再不回去，小光一定会忘记我，而我，也许会再次忘记她。如果我能瞬间移动到她的身边，该有多好……一直都是这样，我牵挂着二十一天的周期，从来不敢离开她太久，放弃了不少外派的计划，尽管她从来没有想过追随一次我的脚步。

我不由得哭了出来。姑娘蹲下来,轻轻抚着我的后背。

相比世界秩序的崩塌,我的恐惧来自更深的地方。我的前半生都建立在牢固的记忆力之上,特别是童年和求学期间的记忆。语文课上学习的规则,指导着我每一句话的用词和发音;父母的言传身教,让我对建立长期关系极度向往;对自己记忆力的自信,让我几乎从未在不必要的情况下借助外物存储信息。

现在,记忆不断失去,语言不断重组,我能感到自己的人格也在一瓣一瓣凋落。过去的我已经随着母语死去,现在的我即将连同珍贵的回忆一起消失,而未来的我,又会是谁呢?

到底该怎么办才好啊 aaa

Aaa 啊好才办么怎该底到

13423453¥%……&**&%¥#¥%……&

"姐姐,你不是那种不坚强的人。"

残破的记忆里,突然蹦出这句话来,阻止了我的精神进一步混沌。跟小光有关的记忆再次鲜活起来,就好像她在我的脑子里拼命努力,不让专属于自己的神经元聚合模式消失。

还好,她还在,就好。

稍微缓了一会儿我才注意到,女人在跟我说话。差一点儿,我就听不懂她的话了。

"……冷静一下,你这个情报很重要,我们需要传递出去。"女人走过来,抓住我的胳膊,把我拽了起来,"你刚才也说,在国内,语言没这么容易失控的,我们还有机会。"

我点点头,擦了擦眼泪,双手双腿似有千斤重。女人已经行动起来,从外面又拽了一个中国人进来。

进展还算顺利,我们很快跟在场所有中文母语的人统一了语言。事实证明,母语的影响力还在,同样母语的人多少还保留着一些交流能力。跟酒店工作人员的交流费了些功夫,不过却是非常必要的。他们拿着对讲机,与官方有一定沟通能力。

不幸的是,第一个工作人员被我们"带偏"了,变得无法听懂对讲机里的话。后来在我的指导下,我们改变了交流策略,让数量相当的工作人员和我们共同沟通、磨合,成为了我们和官方沟通的渠道。

找到规律后就没那么可怕了。从古至今,语言的变化一直在发生,只是现在速度突然加快。就好像大陆板块交界处本该花千万年才能缓慢隆起的山峦,如泥浆里的气泡般出现又消失,让你拉开窗帘时,远山瞬移到眼前。

两人交流,就是两大语种在边界处快速交锋,相互影响、相互吸收。只是在语言一次又一次的更新和进化中,大脑的神经元聚合模式剧烈变化,无数记忆又在这其中丧失了。

好在,官方的语言学家也发现了同样的规律,听说我有解决办法,非常兴奋。他们的大学有类似的设备,我可以快速复刻"辉光综合征"的解决方案。

等官方派车来的时候,我心里难得轻松了一下:也许,我很快就能治愈所有人,航班也能及时恢复,我还能回到小光身边。

说是车快到了,一行人来到酒店门口等候。背对着火光冲天的混乱市区,大海在不远处轻轻翻涌着。这里极少有云,早已入夜的天空清透无比,星星比我在任何地方见到的都要繁多、明亮。

真美啊,要是小光也能在这里,该多好。很多人都不由自主抬起头,仰望永恒的星空。

"嘿,你说,这里能看到几个星座?"我看向女人,这是她的领域。

她也仰头看着天,神情却不似同伴:脸色惨白,牙关紧咬,好像对面不是自己一生热爱之所在,而是什么从深海升起的邪神,正携带着不可名状的恐怖向地球袭来。

"怎么了?你还好吗?"

"星星的位置改变了。"她从牙缝里挤出这几个字。

"怎么会,你别吓我。"我有点不确定自己理解了她的话,"现在大家脑子都不清楚,而且这不是上海的星空,可能会有区别——"

"你会注意不到语言的改变吗?"她猛地看向我,眼睛红红的,"星星变了,变得混乱——就像语言,就像大家的脑子!"

我一下子愣住了。

这不是我的领域,我无法判断。远处有车灯打过来,我只希望那是来接我们的人。赶紧治好大家,我要见小光。

这是我唯一的愿望。

B

？年？？月？？

？？？？？？？？

我来到一片海滩，随意坐下来，等着暮色到来。

如今，远离城市才是最安全的。太多精密仪器和复杂系统，是已经变化的大脑无法承受的。灾难发生了一轮又一轮，终于有了休止的痕迹。只是，机场短时间内不会开放了。

这里的海水蓝得发绿，你追我赶地向岸边涌来，碎成白色的浪花，仿佛有位永不停歇的舞者转着圈儿，让层层叠叠的裙边旋成充满节奏感的图案。海风吹来，烦恼也随之消散了。

我提供的解决方案，确实帮了些忙，只是情况比我想象的要复杂。那天，我们被带去了官方组织的国际危机应对研讨会，在勉强搭起的通信系统前，分享各个学科观察到的情况。

太阳落向海平面,收敛了耀眼的光芒,变成浑圆温润的球儿,给天幕染上深深浅浅的橘色,也给海面洒下片片碎金。好美。

很快多个领域的科研工作者得出了同样的结论:复杂系统内部,元素间连接的断裂和重组正在各个层面、各个维度发生。语言的变异和交融,大脑内部神经元系统的变化,还有宇宙群星相对位置的异常移动。

而这种异变模式,出奇地相似。

有人提出惊人假设,说宇宙就是一颗大脑,而它正在经历极端剧烈的神经元聚合模式变化:曾经相连的,彻底决断;曾经遥远的,组成新章。人脑也是如此,神经元有限,你要先学会遗忘,才有容量迎接别的东西。

听上去真像一个决心走出失恋阴影的少女呢。

缓慢而不可避免地,夕阳与海水相接。云与天呈现出无与伦比的温柔色彩,在更大范围黑色的包裹下,将细碎而律动的美丽,通过海浪一波又一波,穿越深冷的真空,送到我的眼前。

在这漫长而短暂的美好中,我长舒一口气。

暂时的结论是积极的：大脑依然在运转，人们最终会找到新的平衡，在新的记忆阈值基础上，建立起另一种文明：更灵动，更轻盈，远离任何陈旧的枷锁。

也许，这种文明会同时存在千万种语言；也许，人们会在新语言中找到理解的本质；也许在未来，"友人"二字将与距离密切相关，因为只要告别，无论多么特别的人儿最终都会从你的记忆中消失，连带着与她说话的方式。

像那位朋友的生活一样。

我再次落泪了。

这就是她每次看日落的心情吗？永远新鲜，永远感动。只要学会忘记，就能拥有无限的美好。而不像过去的我一样，第一次深刻记忆后，就再也找不到那样的心动。

也许，这样的生活，也是值得过的吧。

回到酒店，秩序多少已经恢复了。我跟当地人说着新的语言，也许是RTL，也许在词和词之间加上了汉语里没有的空格，也许像意大利人一样把所有的G都发出音来，管王女士叫"Wan Ge"，也许，我只是嚎叫着。

我拉开窗帘，透过酒店的窗户，看向海滩的位置。夜色已深，这个半球滚向背阳一面，群星占领了天空。天文台的女人指点过，群星的位置正在如何移动，虽然我看不出区别来。

作为语言组的核心成员，我在一次会议上指出，如果这种变化加剧，人们面对的，将不只是失去母语那么简单。如果无法形成稳定共识，无论哪一种语言都将很快变成纯粹的符号，背后的意义也随之失去。这对人类重新建立秩序的过程，只会雪上加霜。因此，我将成为真正的辎轩使者，做我一直想做的事，维护这个世界沟通的桥梁。

太多事情要做了，从明天开始。

不一会儿，星星也模糊了。

我的眼泪无法止住。

我可以失去母语，我可以忘记一切，我可以忘记自己，但，我真的不想忘记那个她。心中的空洞，永远也无法被填补。

"姐姐,你不是那种不坚强的人。"

我擦掉泪水,吓得后退了一步。女孩正在窗外,冲我微笑。

C

那栋建筑是如何出现在窗外的,没有人知道。这样的怪事,在世界各地发生。

我只知道,酒店房间的窗户,此时正对着我们北京出租屋的老式花格窗,都在八楼。她在窗边,我也在窗边。两个建筑的外墙距离不到二十厘米。稠得化不开的黑夜里,两盏灯照亮了彼此的面孔。

"姐姐!"

她大声叫着,打开了窗户,一只脚踩上了窗框。

"别冲动!"

我也打开窗户。只来得及张开双臂,她便轻盈地跳跃过来。扑在我身上,两人一起倒在地毯上。

"姐姐,我好想你。"

我们没有起来,就在地板上紧紧相拥。我以为再也见不到的人,我以为再也记不起的人,此时就在我的怀里。

发丝跳动在我的耳边,面孔冰凉好闻。她说,她没有办法忘记我。

是我的幻觉吗?还是这个宇宙真的像一位少女,终于放下了过去的回忆,选择打破一切,让万物像神经元一样,重新相连?

都没有关系,只要,小光在我的身边。

人们会适应这个新宇宙。

宇宙本身也在向前看去了。

相遇的身体

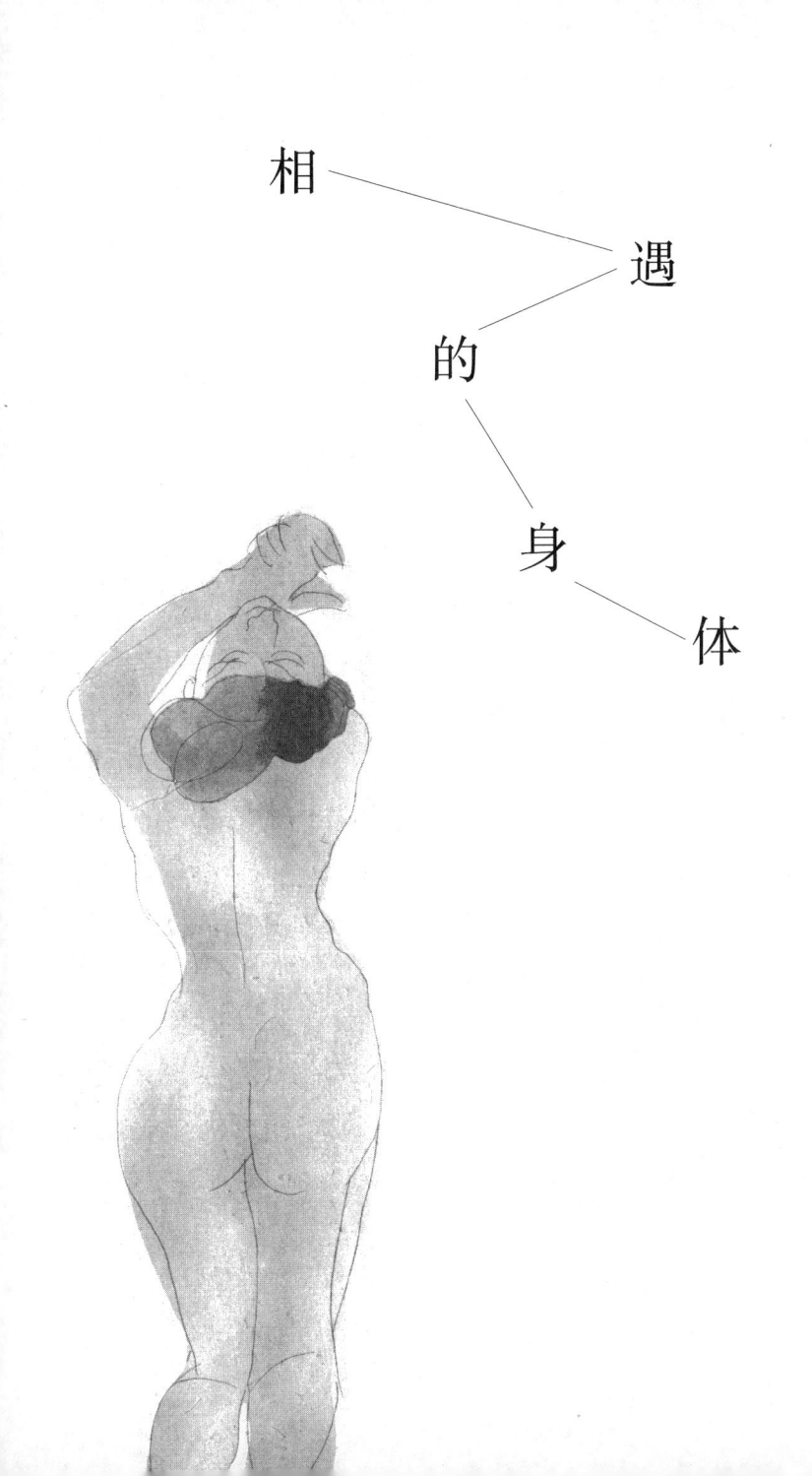

是的，我想死

金青橘

> 金青橘，曾入选"安全家屋短篇征文比赛"，自此开始创作之路。已出版《灰与泡沫》《海底城市章鱼烧》《除湿器减肥》等。

最后的记忆是：路面突然坍塌，我犹豫着跑到了那里。睁开眼睛时，我以半透明状态飘浮在某个公园里，那里既不是家，也不是医院。除了那段记忆，我什么也记不起来，所以甚至不知道事故地点是否就在附近。我去了公园附近的几家医院，却找不到自己的身体。我还经过了一个深陷的沉洞。感觉哪里有些怪异，但我什么也不记得了。也没有想回家的归巢本能。那我是死了吗？我从来不相信有灵魂，现在却处于灵魂状态，真是奇怪。

我决定四处走走，不在公园里停留。我的双脚走在地上，但只要我想飘在空中，随时可以飘起来。像往常一样走路，可能只是一种习惯。然而，即便我走在路上，人们也会撞上我,继续他们的路。"撞"的说法也很好笑。他们穿过我的肩膀、手臂和躯干,走了过去。

我无法在下坡路上抓住滑落的婴儿车,无法推开停在疲劳驾驶的卡车前面的人,也无法在举着"仿生人怎么会是人"的横幅的人即将倒下台阶时伸出援手。幸运的是,婴儿车被远处路过的一个植入了机械腿的人加速跑过去勉强抓住;停在卡车前面的人被不知道从哪里伸出的机械钳手臂拉开;快要摔倒的人被身后一个人赶紧扶住,没有从台阶上滚落。

我自己无法挺身而出,但有人出手相助,我松了一口气。然而,没人帮助这只在十车道正中央被车撞得直掉气的猫。猫太小了,车开得太快,似乎没人看见这只猫。我想带它去医院,却无法把它抱在怀里。我想哭,但流不出眼泪。猫能看到我,因为它是动物吗?又或者,只是因为我站在猫的视线所及之处?我与猫对视,用无法触及的手抚摸它的皮毛,希望它无论结果如何,都不会觉得自己很孤单。

猫没有痛苦很久。不知道这是一种幸运,还是不幸。猫的灵魂脱离身体,伸了个懒腰。然后,它用身体蹭了蹭我的腿。我感觉不到真正的接触,却可以感觉到某种联结。我抚摸了它一会儿，猫抬头看看半空，竖起尾巴走了。它发现我没有跟在后面，停下来"喵"了一声，好像在催我快点儿跟上去。

我们成了朋友，一起沿街游荡，在安静的住宅区围栏周围的极光色玫瑰前消磨时间，为猫捕捉行人垂到地面的机械臂加油。去百货商店时，我和穿着昂贵衣服的人体模特重叠身体，猫征服不了人体模特，最终在我的头顶占据了一席之地。它非常聪明，站在我的头上，用脚按压我的左右肩膀，控制我的前进方向。活着的时候因为担心人们的目光而从未做过的事，现在可以尽情地尝试享受了，猫似乎也一样。

然而，快乐非常短暂。我自己这副样子就算了，但不能就这样对猫束手旁观。据说动物死后会跨过彩虹桥，它们拥有自己的星球，但这果然只是人类的幻想吧？以防万一，我们飞快地飞过灵媒屋、教堂、寺庙，没人看到我们。本以为我们是灵魂，但好像不是？那我们是什么呢？我非常伤心，猫可爱地喵喵叫着安慰我。

突然，猫从我怀里跳出来，竖起尾巴跑了。我跟在猫身后，来到了我起初睁开眼睛的那个公园。猫在我第一次睁开眼睛的地方停住，非常端庄地坐下，抬头仰望。

我好奇它在看什么，转过头发现树叶之间有什么半透明的东西。

那是一座没有招牌的白色建筑。毫无装饰的建筑前的立牌上写着"中元节纪念饼干1+1活动"。看起来像是一家咖啡馆。门敞开着，看似同行的一群人正往里走。一个穿着围裙的人在向他们问好。

"喵。"

猫面前出现了一道不见尽头的彩虹。那一刻，我意识到猫为了我才没有离开，特意陪我度过了这一天。它担心自己离开后我会感到孤独，所以引导我认识新朋友。猫在我两腿之间来回蹭了几次，我也一遍遍地抚摸着猫，通过眼神向它告别，把它抱在了怀里。猫有地方可去，真的真的太好了。

"一路走好，猫猫。再见……多情。"

结束最后的告别，多情轻盈地走上了彩虹桥。我向天空挥手良久，希望它能去一个很好很好的地方。我站在原地，直到再也看不见多情。我想象着轻踏地面的样子，用脚趾轻轻推地，身体立刻升到了半空。

当那座白色建筑近在眼前时，我紧紧地闭上了眼睛。像通过了幻影一样，并没有实际通过的感觉。因为我是灵魂状态，所以没有感觉吗？还是那只是幻影，其实我依然在公园里？我想不明白，犹豫了片刻，微微睁开眼睛，本以为已经在建筑内部，却发现自己正在慢慢地从天上向地面降落。

从上往下看，只有刚才那栋白色建筑及其周围清晰可见，其他地方则被雾气笼罩，难以准确分辨外形。形态各异的人漫不经心地穿过雾气，进入白色建筑。

有的是半人半兽，穿着灰色运动裤，两条腿走路，但上半身是狗身，或者只有头是狗头，身体是人身；有的可能手臂和膝盖无法弯曲，伸直双臂，双脚并拢着跳跃前进；有的皮肤像矿物质一样白；有的垂着多条机械手臂；有的披头散发，让人怀疑他能否看到前方；有的瘦得像树枝；有的因为过于肥胖，被推车运着走……还有的像不透明的人体模特。我不知道他们是否都和我一样是灵魂，但他们彼此问候着走向建筑，可能都有一面之交。

这座建筑看起来很小，只有一楼，仅我现在所见已经有十多个人走进去了。落地后，我依然不知道该怎么办，便站在原地不动，然后一个咚咚跳的人穿过了我。原来这里也一样。正在我伤心之时，跳走的人又跳了回来。他的膝盖似乎根本无法弯曲，直挺挺地，像装了弹簧一样轻盈地跳过来。

"抱歉,我的身体很难控制方向……咦?触摸不到你吗?"

男人的手穿过我的胸口停了下来,吓了一跳。我看不出他的年龄,但他穿着一套黑色西装,给人一种成熟的感觉。他的手臂不能弯曲,但似乎可以轻微上下移动。他把手伸进我的胸口,一点点移动着。我慢慢后退,远离了男人的手。我感觉不到疼痛,但胸口被刺穿也很不舒服。

"你能看见我?"

"我只是膝盖坏了,眼睛好好的!看你看得很清楚!"

"这是我第一次见到能看到我的人。这是哪里?"

有人能看见我,还跟我对话,这里是天堂吗?当然,我知道与动物身体结合或严重偏离人类基本身形的改装是违法操作……但似乎也看到过,在某些国家,只要不脱离基本的身体能力,就允许改装。有的会做私人改装,有的会用廉价或损坏的零件组装成设备安装,但如果不是在官方授权的公司进行,会被收取昂贵的手术费用,从而形成恶性循环。那个男人似乎也是,胳膊和腿更换为机械,结果出了故障,无法弯曲。

"原来你是第一次来啊。这是一家只在中元节营业的咖啡馆。老板很亲切，所有的饮料和食物都很美味！"

男人咂吧着嘴，似乎只是想想就会流口水。手臂不能弯曲该怎么吃饭？谁喂他吃吗？我心里很好奇，但没有表现出来。

"我也可以去吗？"

"当然！只要和我同行，你就能进去！不过，你可以喂我吗？我的胳膊不方便。"

我正准备回答"这点小事没问题"，有人突然插话道："你这个变态大叔！今天这种日子，你也这么变态吗？"

那是一个穿着蓝色工作服的青年，背上连着十条晃晃悠悠的机械臂，肩膀上还有两条手臂，总共十二条。他气得像翅膀一样舒展着机械臂，双臂叉在腰间。所有机械臂都指向那个男人，看那副架势，仿佛如果对方敢乱来，就会给他一拳。男人咂咂嘴，迅速移动脚步调转了方向，继续跳向咖啡馆。

"你还好吗？"

"啊？嗯。"

在这种气氛下，似乎应该说声谢谢，但我无法开口，因为不知道那个男人做了什么，或者想做什么。他的手臂不能正常活动，所以让我喂他，很奇怪吗？我眨眨眼，青年好像明白了，说：

"对了，你是第一次来这里吧？他触摸你的胸部，我都看到了。他本可以在那之前停下来，却故意那么做。他控制方向困难，但急刹车明明没任何问题，居然干那种勾当。还说什么，必须和他同行才能进去？喂他吃？真是放狗屁。"

青年说"狗屁"的时候，我忍不住看了一眼身边经过的狗兽人。不知他是本就已经看向我们，还是因这句"狗屁"看了过来，总之我与狗兽人对视了。不是吧，什么狗这么帅？冰蓝色的眼睛看起来像是一只非常漂亮的西伯利亚哈士奇。不知道真的是狗在用两条腿走路，还是外表看起来像狗的人。狗兽人似乎并不介意青年说出"狗屁"这个词，只是抽动了一下鼻子，便继续往前走。尽管那张脸气质非凡，但狗毕竟是狗，尾巴疯狂地摇晃着。

"任何人都可以去那间咖啡馆。你随意吃多少喝多少都行，别担心。"

"没有钱也行？"

"钱？那里不收现金或实物，而是根据顾客的执念程度来结算。要我和你一起去吗？"

"谢谢。"

虽然不明白究竟什么是按照执念程度结算,但去了就会知道吧。我和青年一起走向咖啡馆。青年展开机械臂,像在保护我这个新人,警惕着那些试图接近我的人。

近距离看,咖啡馆是一尘不染的白色,甚至散发出柔和的光芒,似乎管理得很好。虽然没有窗户,但建筑本身很漂亮,丝毫不觉得压抑。我在等候的间隙试图透过敞开的白色大门窥视里面,但周围似乎有雾,看不到咖啡馆内部。

"看不到咖啡馆内部呢。我能进去吗?万一我不够格……"

"本来就是那样,不用担心。"

人们按照到达顺序排起长队。店面不大,而且聚集了这么多人,我本以为要排很久,但队伍移动得很快。终于轮到我们了。如果穿过这扇门,会不会像刚才来到这里那样,又回到原来的地方?我很担心,但还是颤抖着迈出了脚步。

"新人,你可以睁开眼睛了。"

我睁开眼睛时,青年像是要拍拍我,手已经伸进了我的肩膀。他也许是觉得很神奇,在我体内活动着手指。我们对视的瞬间,他急忙收回了手,似乎很难为情。我没有在意，开始环顾四周。这里别有天地。咖啡馆中央的喷泉涌出的清水非常凉爽，直冲因为雾气而看不到尽头的天花板。喷泉周围长满了清新的绿色植物，它们正沐浴着从喷升的水柱中落下的水滴。玫瑰、油菜花、杜鹃花、连翘、山茶花、向日葵、菊花、水仙花、小苍兰、百合、郁金香四处盛开，似乎忘记了季节之分；墙边种了树，玉兰、樱花、梅花开得如火如荼。

桌椅，软垫，树下铺着的草席，各种氛围感的座位应有尽有，甚至还有小个子的人坐在小池塘里漂浮的荷叶上。人们四处走动，寻找空位。如果一楼没有座位，可以沿着靠墙的旋转楼梯上到二楼、三楼……这个咖啡馆有尽头吗？

我站着不动，环顾咖啡馆，青年开口说：

"同伴在等我，我得走了。你随便找个空位坐下，就会有人来点单。"

"好的，谢谢你！"

我和青年道别，然后在一楼转悠，几次差点儿和别人相撞。当他们试图向我道歉，却发现自己不是撞到我，而是穿过我的身体时，就会奇怪地看我一眼，然后默默地走开。还有人似乎认为我没有形体的样子很神奇，特意停下来把手伸进去再拿出来。我若无其事地穿过他们，继续走自己的路。

我在灵魂状态下闻不到香味，但这里芬芳的花香仿佛弥漫了全身。不分季节同时争奇斗艳的花草树木陌生而美丽。如此绚丽的花朵和逆重力的水流，让我意识到这里就是死者来的地方。这些人吃的是供品吗？如果是这样，是不是得有人给我摆供桌，我才能吃啊？可是没人会为我摆供桌吧……无所谓，反正我和那些人不一样，没有身体。就算有食物，我也吃不了。

我如此安慰自己，突然感到肚子里有些异样。电流经过般的刺痛，流水下漏般的翻涌。肚子里似乎破了一个洞，无论怎么填都会漏出来。这是饥饿吗？我下意识地把手放在肚子上，看了看桌子。

桌上摆着各式各样的食物，有白切肉、辣白菜、海鲜葱饼、芝加哥比萨、番茄奶油意大利面、糖醋肉、草莓冰淇淋、威士忌、红茶等。人们吃着，喝着，笑着，聊着。路上遇到的僵尸大叔和他的同伴们正站在一张立式餐桌前，用一根很长的吸管喝着饮料。他看到我，僵直的手只微微晃动指尖向我打招呼。我也不由自主地跟着他挥了挥手。

"姑娘，如果你没有座位，就到这里来拼桌吧！"

"可以吗？"

"当然！当然！这里都是我的朋友。没关系吧？"

靠在桌边喝酒的大叔们都微笑着点点头，略微挪了挪，为我腾出空位。位置看起来有点挤，但我不能无视他们的好意，便小心翼翼地走进去站在那里。如果能再让开一点就好了，但大叔们都站得笔直，他们的身体与我的肩膀都重叠了。

"哇，真的穿过去了！"

"年轻姑娘来了，气氛瞬间活跃了！"

"没错！一起喝杯酒吧！"

我和大叔进咖啡馆的时间应该差不多，他们却似乎已经在这短短的时间里喝了不少，满面红光，酒气冲天。声音如此之大，周围的顾客不断偷偷看向这里。一个大叔问我问题，另一个大叔则抢先回答，对面的大叔还把一杯酒推到我面前。

"姑娘，喝一杯吧！"

"你已经喝醉了吗？这姑娘没有身体啊，没有身体！你让她怎么喝酒呢？"

我很难猜出那些大叔互使眼色以及对话里的意图，但他们的目光转向了我的胸口，我感觉他们应该是在占我便宜。胸部的确是我自己选择安装的，但不知道他们为什么要盯着看，明明自己也有胸。

"如果我和初恋修成正果，也会有这位姑娘一样大的女儿吧！"

"你这家伙背着多年照顾你备考的妻子出轨，还谈什么初恋？"

"别管他。只要和初恋修成正果，人生问题就能得到解决，这种执念就是他来到这里的原因。"

"执念，执念……如、如果我当初赢了那盘，人生就不一样了。如果我赢了，就不会在这里了！"

"狗能改得了吃屎？改得了才怪！难道你不知道只有放下执念才能转世吗？"

"你还不是每年都来这里！我也厌倦了，厌倦了！我想下辈子生来富有，不再赌博。"

大叔们谈论着自己在世时多么风光，吃什么喝什么，别人对自己如何卑躬屈膝。我听着他们的讲述，公平地轮流看他们的胸部。渐渐地，畅快饮酒的大叔们安静了下来。尤其是对面的大叔，小心翼翼地用手捂住胸口，手臂僵直的僵尸大叔没法遮挡，干脆转过身去。大叔们互相使使眼色，叫我过来的僵尸大叔支支吾吾地说：

"那个……我们几个还有话要说……"

"哦，是吗？我明白了。祝各位玩得愉快。"

我向大叔们告别，四处寻找空位。狗兽人看起来像食肉动物，却正在吃红薯蛋糕和香草冰淇淋；背上长着蝴蝶翅膀的人狼吞虎咽地吃着宴席面。有人点了一杯饮料看风景，有人爬到树上吃饺子，我走过他们，站在喷泉前。那喷泉近看更加神奇，喷出的水流像下落的瀑布一样发出了震动心弦的声音。

何止喷泉附近，整个一楼似乎都没有空位了。如果飞到空中，或许能更快找到空位，但我还是像其他人一样沿着楼梯走上了二楼和三楼。我终于找到了一个空位。潺潺的河流旁摆着一张凉床，宽敞得我可以在上面来回滚几圈。而且，凉床周围开满了黄色的福寿草，应该会有置身花丛的感觉。我快步走到凉床边，一屁股坐下，却发现身后几步远的一群人面色尴尬地看着我。他们有大有小，看起来像一家人。

"啊，你们坐这里吧。我自己一个人，可以找找别的地方。"

我独自一人，那边四个人。我觉得一个人难受总比几个人难受要好,所以站了起来。对方尴尬地挠挠头,俯身向我道谢。

"谢谢。因为我们人多,所以想找个宽敞的地方。有人还没到,你再坐一会儿吧?"

"谢谢。那我就在角落再坐一会儿。"

我坐在河边,双脚泡进河里。河水穿过身体,我感觉不到水流,但轻快的流水声让我感到了凉爽。我前后晃动双脚,假装击打水花,旁边坐着一个看起来二十出头的女生,也学着我左右脚交替晃动。我停下左脚,她也跟着停下来;我把右臂举在空中,她也跟着举起亚光的黑色手臂。我感觉似乎在哪里见过她,所以仔细端详起她的脸,发现她的身体瞬间变得半透明了。我正准备开口的瞬间,那个凝视着我的女生突然问道:

"姐姐,你没有家人或朋友吗?"

"啊,嗯。没有。"

"哇,我和家人一起来的。姐姐一定很无聊吧?"

正在旁边和其他人围坐着聊天的女人惊慌失措地跪爬过来道歉:

"哎呀,对不起!这孩子看起来很大,其实才出生十八个月。对不起。"

十八个月？这也长得太大了，她俩看起来简直像是姐妹关系。女人接着说，现在有很多地方如果看起来太年幼就不能进入，雇用保姆、送去托儿所或幼儿园也只有富人才能做到，所以人们会把孩子先养大一点儿再生。不过，如果养到成年人那样大，可能会有很大的副作用……

"现在十岁都嫌太小，一般养到十三岁左右。不论十岁还是十三岁，都会注射快速生长因子，所需时间并没有太大差异。所以，我们也是在人造子宫里把她养到十三岁左右才让她出生，但不知道出了什么差错，从人造子宫里出来后，她也长得飞快。孩子哭得很厉害，因为膝盖和胳膊肘很痛。我也想过干脆早点儿给她换成机械身体，但她长得这么快，如果马上更换，可能会有幻痛，所以我每天晚上都给她按摩和热敷，这么硬撑着。幸运的是，六个月以后她就停止了生长，但也已经很大了。所以，其实她还是小孩子……我怕她出什么危险，就把她的右臂和左手换成了紧急情况下只需0.1秒就能输出很大力量的机械体。没想到我们一起掉进了沉洞里。我用尽全力想把孩子抛到外面，可能力气不够，没能从洞里逃出去。"

"我喜欢和妈妈在一起！"

孩子扑进妈妈的怀抱，头枕在妈妈的膝盖上。妈妈微笑着抚摸着孩子的头，把头发别到耳后。孩子用脸蹭着妈妈的肚子，咯咯笑着，然后转向我灿烂地笑起来，脸上确实充满了孩子的天真。

"她只是身体长大了，其实心智还很幼稚。身体和心灵的年龄差距太大，知识灌输也有限度。本以为思想能在一年内成长到与身体相称的程度，结果还不到一年就成了这样……不过我还是很庆幸能来到这里，让孩子尽情吃她想吃的东西。"

妈妈强忍着眼泪，不停地抚摸着孩子。孩子不明白妈妈的心情，向我伸出了手。我明知道她抓不住我的手，她的手会穿过我，最终握成拳头，但我还是伸出了手。孩子非常缓慢地，像我有实体一样，按照我手的形状曲起手指，然后咧嘴一笑。

看着孩子的笑容，我感觉有一股暖流莫名地从胸口涌上了头顶。这就是想哭的感觉吗？我本以为自己没有身体，最终也不会属于这里，但这孩子像锚一样抓住了我。因为她还是个孩子吗？我开心地笑着，慢慢地上下挥了挥手。孩子与我四目相对，也跟着慢慢挥了挥手。我明白了什么是即使不说话也能心灵相通。即使我们彼此不同，但只要心灵相通，就可以握住对方的手。

我正要松开手，孩子的身体突然变得半透明，她的手碰到了我的手。随即，一段被遗忘的记忆浮现在我的脑海中。当时我正要去法院了解进展情况，道路突然塌陷，汽车纷纷坠落。事情发生得太快，没人来得及下车。我赶紧报案并查看情况，看到一个女子被抛向空中。问题是没有东西可抓，她的手臂也没有伸长，很明显她会直接掉下去。我跑过去拼命抓住她的手，拉着她落在了对面的地上。然而，我落地的地方也不稳，地面下陷，我失去了平衡。我最后的记忆就是抱着一个惊慌的女子眼前一黑。

"姐姐，一起留在这里吧。我给你饼干！"

"天呐……看来苏伊真的很喜欢你！她对饼干很小气，连我都不愿意给呢。你要和我们在一起吗？这里很宽敞，没关系的。"

"我抓住了一个被抛向空中的孩子，落地时地面不稳，塌陷了。最后，为了保护她，我把她抱在了怀里。这个孩子……苏伊可能还活着！所以状态才如此不稳定！"

"真……真的吗？谢谢，谢谢。非常感谢你……可是，苏伊为什么会在这里？她不应该在这里！您也是！"

"我想想办法。你们在这里等一下。"

"留下来陪我！"

苏伊再次恢复实体，握着我的手比刚才更用力了，但这次她也像我有实体一样弯曲了手指。我想，我之所以变成灵魂状态，就是为了彻底拯救如此细心温柔的苏伊。

"拜托您！我已经死了，没法报答您，但我会一直为您祈祷平安。"

"别担心。我一定会把苏伊送回去。"

"姐姐，别走！"

"苏伊，这里很神奇吧？姐姐才来，还没顾得上参观呢！所以，姐姐先到处逛逛，然后再回来找你。"

"姐姐还会回来吗？好吧，我可以等你。"

"嗯，我逛逛就回来。你在这里好好吃东西。"

苏伊灿烂地笑着，挥了挥手，我也和她道别离开。我走了一段路，回头看到苏伊身边的福寿草发出的微弱光芒在她周围盘旋。

我说会想办法，但其实很迷茫。我走遍咖啡馆的各个角落，寻找知道如何回去的人。我就这样自然而然地参观了咖啡馆，这里每层都种着不同的花草树木，风景别致、赏心悦目。在有仙人掌和椰树的楼层，我问了一个像爬行动物一样长着鳞片的人，他正把身体埋在温暖的沙子里喝冷饮，给出的回答是"不知道"。在树木茂密的潮湿楼层，一个头上拖着长长电缆、正在发电的人向我走来。我没有身体所以没什么大碍，但其他人的机器部件可能受到了影响，对那个人发起脾气。我想问问他，但他们打得太激烈了，我只能再去找别人。

我好不容易遇到了一个稍微了解这种情况的人，但他只是告诉我，得去问咖啡馆老板。他还说自己也不知道怎么去见咖啡馆老板，然后就上楼了。

我继续转悠，询问见到咖啡馆老板的方法，突然想起了在一楼打过招呼的员工，于是决定下楼。所有人都在上楼，没人下楼，所以向下的楼梯很冷清。我以比上楼时更快的速度到达一楼，走到门口时看到了进来时遇到的员工。

"你好。我能见见咖啡馆老板吗？"

"对不起，客人。老板不是随便能见的。"

"那我问你一件事。这里有人还活着，等中元节结束了，他们能安然无事地活下去吗？"

"那个……很抱歉。我是新来的，还不太清楚。"

"那你可以问问老板吗？"

"对不起。我也很难见到老板……"

员工一脸歉意，我只好退下了。在这里，桌上会自动提供食物，所以没有服务员，也没看到做饭的厨房。时间过去多久了？等到中元节结束，会发生什么事呢？苏伊的生命，就这样结束了吗？

地面塌陷时，我应该把苏伊往外推，而不是抱住她。苏伊的母亲想尽办法让她活下去，结果却因为我的错误判断害死了她。我感觉很对不起她，没脸回去，只好拖着沉重的脚步走来走去。突然，我在瀑布附近看到一个空位。这里被长长的叶子遮住了，我刚才没看到。草地上铺着席子，铃兰花开了长长的一整圈，仿佛要把坐在中间的人包裹住一样。这里看起来像是一个秘密场所，也像是精灵的巢穴。我坐在里面，心情稍微平复了一些。我呆呆地看着那些铃兰花。花朵是小铃铛的模样，倒过来就像一个漂亮的玻璃杯。铃兰花的花语是什么来着？

"喂，你，别装作没听见，走开。"

"什么？"

我把目光从铃兰花上移开，抬头看到了站在我面前的人。他皮肤光滑无瑕，眼睛里有几条血丝，双臂和双腿完好无损，没有把大脑单独带在外面，身体的其他部分也没有缺少或多余。如果在保留人类原型的前提下植入机械，不仅价格昂贵，性能也会稍差，但看起来确实很简约。通常这样的人都会有哪里不对劲，但这个男人似乎并没有任何不适。如果他是病人，就算很不甘心，那我也会让步，但现在的情况不同。我看到附近藤树下有空着的长椅。

"那边有空位。"

"那你去坐啊。"

"可是……我也想坐在这里。要不一起坐？"

"你这人真是！"

眼前的男人手臂一挥，齐腰的长发随之飘扬。传说中的每根都闪亮得像丝绸一样的头发，原来是这样啊。他的指甲上也一根毛刺都没有。有些人会只用机械替换不起眼的部分，但以如此精巧的手艺保持美丽的人，我还是第一次见。这是花了很多钱请工匠精心打造的身体，可能他更看重美观而不是功能。

男人见我没有退缩、躲避或反抗，似乎一时有些慌张，但他并没有停止挥动手臂。我目不转睛地看着他。当他的手臂穿过我时，他非常震惊，随即无奈地冷笑道：

"你不知道自己和我的区别吗？"

"什么？"

"哈，所以说不能搭理没受过教育的人。我不想和那些内外都被机械取代的人在一起,所以才来到这里。但我为什么要和一个没有身体的奇怪东西坐在一起呢?你到底做了什么,没有身体就能来这里?"

我听了男人的话,环顾四周。也许是因为水声太大,似乎没人听到他的话。幸好如此,不然别人听了会不高兴。我不在意他,他似乎更生气了,向我走过来。然而,他停在了我面前,似乎无法直接进入我已经占据的地方。

我再次从头到脚,仔细地打量起这个男人。他抿起嘴唇,恶狠狠地瞪着我。男人的身体确实光滑美丽,足以让他感到自豪。但那些用机械取代身体的人也是如此。反复擦拭到闪闪发亮的手臂,一尘不染的接缝,随着音乐吱吱作响的手指,矮个子也能摘到高树上结的果实的十条手臂,可以安全通过湖水的舒展的鳞片……每个人的身体都很酷。

"任何人都可以来这间咖啡馆。这意味着你、我还有他们,并没什么不同。"

"不,不一样。我的身体是为了守护人类纯正血统而诞生,受到了精心的培养。出生之前精挑细选每一个基因,花费心血进行拼接、修改,接近完美时借用了一个纯正血统女性的身体来到这个世界。你不会知道,在我出生以后依然需要多少人的努力来保护这副身体，也不会知道我如何生活。

"为了防止受伤，我的身边总是有保镖。为了避免被奇怪的人污染，只有达标的人才能靠近我。我努力去看、去听、去学，积累了与基因相匹配的知识，会演奏一定水平的乐器，而且画技高超。

"我每个季度接受一次健康检查，达到一定年龄以后，为了后代定期保存精子以生产后代。无数近乎完美的纯血统人类将因我而诞生。

"无论多么昂贵的机械臂，可以做多么精细的工作，都比不上我的手。跑得很快的结实机械腿？我为什么需要那个？杂活让下属干就行了。人工心脏、人工肺也一样。如果出生时就打造得很结实，根本不需要安装机械。要不是那次突如其来的事故，我几乎不会衰老，本可以活到一百五十岁。如果我老得再慢点，两百岁也不是问题。

"这副身体，从来都没有被刀伤到过。我不知道自己到底为什么会死，然后来到这里，但这里的便宜货加起来也比不上这副身体的价值。我本该播撒无数高贵优越的种子，却突然死了。保镖们当时在干什么？混合了机械的家伙们应该手脚并不笨拙，是被谁教唆了吗？杂交的东西果然不中用。"

我完全不明白。即便维持生命所需的金额不同,但生命的价值依然平等。学了这么多,居然连这些基本的道理都不懂,真是白学了。

"你看起来很光滑,像是人类,却又没有身体,是和什么奇怪的全息图合成的吗?听说有人为了长寿,试图将计算机和大脑结合,难道成功了?我已经死了这么久吗?技术进步这么快?这样下去,地球上的人类都会消失。不行,不行!我要赶紧轮回,重生为人!趁我好言好语的时候赶紧让开!这里是最有可能轮回到好地方的位置!"

我依然坐在原地呆呆地看着他,他终于爆发了,大喊道:

"你这种家伙连我的脚尖都比不上,让开!"

他的声音很大,仿佛隔着水声,其他人都能听到。随着一阵嘈杂,我感觉有人在朝这边走来。那个自称比这里所有人都高贵、优越的男人怒不可遏,睁大眼睛踢打着自己脚下的地面,朝我挥动着手臂。这还不够,他又抓起我身边盛开的铃兰花,撕扯拔起。

"那个疯子又在闹事。"

"看什么看!你们敢看我的热闹!"

"啧啧，什么基因编辑，受过很多教育，有什么用呢？连情绪都控制不住，就会找软柿子捏，还那么多话。"

"倒不如让他快点轮回。每年都搞这出，算什么事啊？"

男人环顾四周，手中的铃兰花如剑般挥舞。人们只是咋舌，看热闹。听起来，大家似乎已经厌倦了每年都会上演的戏码。我并不怕他，他也不可怕，但我在想如何让他平静下来。好吧，他既然是冲着这个位子来的，那我就让开吧。事已至此，我必须回到苏伊身边。我答应她会回去，所以必须遵守承诺。我这样想着站起身，有人却跑过来把男人推开了。突如其来的冲击让男子向后倒去，摔了个屁股蹲。

"不许欺负我姐姐！"

苏伊站在我身前，手里拿着一个大大的心形棒棒糖。苏伊妈妈一脸无措地想要靠近，却被人群挡住了，进退不得。我想阻止苏伊却抓不住她的肩膀，也挡不到她面前，心里很慌张。

"你又是谁？凭什么乱管闲事？"

"坏叔叔，走开！"

"什么啊，培育人吗？没学好还这么蠢？哈，不过，没有换成机械,看来你父母还有点脑子。别给人类丢脸,让开。"

"坏人!傻子!笨蛋!"

男子猛地站起来,一拳砸向苏伊,苏伊头部被击中,尖叫着倒下了。男子正要踢向倒地的苏伊,苏伊妈妈奋力冲出人群,打在了男子的背上。男人回头看去,见是苏伊妈妈,踢了她一脚。苏伊妈妈被踢倒在人群中。有人被苏伊妈妈压住了,还有人在后退躲避摔倒的苏伊妈妈时被别人绊倒……接着,那个人又被另一个人绊倒,一个接一个……现场乱成一团。

有多条手臂的人扶起摔倒的人,有机械腿的人则跳起来逃离人群。苏伊没有哭,而是猛地站起来,模仿男人的样子踢他。

"别欺负我妈妈!也别欺负姐姐!"

我担心苏伊又会被男人打,想阻止她,还想搀扶起呻吟的苏伊妈妈,想恳求别人帮忙。如果我有身体,如果我、如果我……是人类。因为我不是人类,所以很显然我是这里的异类。但我是一个灵魂,可以穿过任何人而不撞到他们,可以不经过楼梯去任何地方。

我很快在咖啡馆里转了一圈。一楼、二楼、三楼……

不知道上了几楼。我走遍了各个角落,焦急地呼唤着老板。就在我不知道自己身在何处时,感到一道温暖而友善的光芒笼罩我的全身。我闭上眼睛再睁开,只见一个穿着浅绿色围裙的女人正在全神贯注地烹茶。透明的茶壶里盛开着我在咖啡馆里闲逛时看到的各种鲜花。

"哦?普通客人可进不来这里,你是怎么进来的?啊,我明白了。你的善意能打开这里的门。我很抱歉,倒水时太专注,没注意到发生了骚乱。"

"什么?"

"来,走吧。这边请。"

我什么也没说,女人却像都明白了一样点点头。她将刚泡好的花茶倒入透明玻璃杯中,放在托盘上,然后凭空打开一扇门,向我招了招手。我感到莫名其妙,却仿佛被女人的手势迷住般走进了门。

穿过门,就是一楼的铃兰花田,刚才吵架的地方。现在他们彼此对打,好像变成了混战。僵尸大叔和他的同伴也互相打架,机械臂的人和机械腿的人打架,身体亚光的人和亮光的人打架;还有人边吃边看热闹。我想知道苏伊和她妈妈是否安全,但由于太多人扭打在一起,我找不到她们。我正要喊出声时,女人把花茶举到嘴边,吹了一口气。

花茶中升起一股五颜六色的烟雾，迅速向人群蔓延。烟雾化作盛开的花，飘散开来。我有幸站在那个女人旁边，看到了这一切。人们似乎看不到那个女人，对突如其来的情况很是困惑。不一会儿，他们像被花丛包围般，陶醉在了美景中，或仰天微笑，或伸手去接飞舞的花。其中就有苏伊。我穿过人群，走近苏伊。

"苏伊，你还好吗？"

"姐姐！是你带来的花吗？好漂亮！"

苏伊笑容灿烂，向我伸出了手，似乎忘了刚才生气的事。她手里拿着一串铃兰。我不由自主地伸出手，苏伊也张开了手。我本以为铃兰肯定会掉到地板上，没想到它落在了我的手上。我不由猛然抬起头，看向苏伊。

"铃兰花的花语是'一定会幸福'！"

苏伊的身体越来越透明。我用刚才接住铃兰花的手攥住苏伊的手。苏伊的家人郑重地向我道别，苏伊含泪，却仍面带笑容地向家人挥手。

"苏伊就拜托你了。"

我能做什么呢？我看向带我来这里的女人，向她寻求帮助。不知不觉间，女人已经踏入了半空中的门。

"以后也要多多相互关爱啊。"

我们之间相隔很远，这话却听得清清楚楚，仿佛她在我耳畔叮嘱般。门关上之前，她举起空茶杯递向我，仿佛在干杯一样，然后门就关上了。门消失的同时，我感受到一阵推力，随即被吸进了瀑布中。我紧紧地抱住苏伊，担心把她弄丢，苏伊也抱住了我。我们之间的铃兰花闪闪发光，我们被倒流的瀑布卷走，流向了某个地方。

我反复闭上眼睛又睁开。第一次睁眼时，我不知道这是哪里。我环顾四周，意识到这里是医院，也想起了自己为什么会在这里。

"YEB91-FW1Q。别名银河，对吗？"

"是的。苏伊，我抱着的那个孩子呢？"

"多亏银河女士保护了玛丽莎·苏伊，她才会安全无事。两位获救之后，苏伊不愿和你分开，所以被注射了镇静剂，正在接受详细检查。

"不过，你的状态不太好。我确认过了，你申请了从仿生人变更身份为人类，正在等待结果。你正在迅速自我修复，本想等你恢复到一定程度再说，但据说这几天结果就出来了。为了避免法律问题，我们强行开启了你的电源。

"如果是仿生人,可以不受任何部件限制进行维修,但如果是人类,可选择的部件就相对有限。如果不是警察、消防员等职业,也不能使用快速自我修复功能。请在这里查看目录并进行选择。你可以选择想要的颜色,但如果想添加图案,需要额外付费。

"不过,只需修理就能获得永生,你依然想成为人类吗?由于维修范围有限,如果发生事故,你可能比你设定的寿命更早死亡。还有人示威抗议,说仿生人不是人类。最近的抗议很激烈……如果法院因为舆论压力驳回变更,你不后悔吗?"

"是的,我不后悔。我想以人类的身份死去。"

就算法院不承认,我也已经是人类了。不过,我想成为一个有法律保障的人,来保护苏伊纯洁明朗的笑容,而不是一个被视为家用电器的仿生人。我想成为守护苏伊安全成长的屏障。如果我死了,多情会来接我吧。

我仔细挑选了目录上的一个假肢。亚光的黑色手臂。

"请刻上铃兰的图案。"

我们,一定会幸福。

(春喜 译)

兰花小史

程婧波

> 程婧波，中国作家协会会员、巴金文学院签约作家，鲁迅文学院四十六届中青年作家高级研讨班学员。四川大学新闻传播硕士，现居成都。1999年在《科幻世界》杂志发表《像苹果一样地思考》，从此开始文学创作。发表作品逾百万字，见于《人民文学》《花城》等刊物。迄今出版个人科幻作品集《直到时间尽头》《倒悬的天空》等，主编《她：中国女性科幻作家经典作品集》《故山松月：中国式科幻的故园新梦》等。曾数次获得中文科幻两大奖项华语科幻星云奖、银河奖，刘慈欣称她的科幻小说"融科幻、奇幻的魅力于一体，在科幻和奇幻的边界上给我们带来全新的体验"。

水门巷的街坊各个都知道，小志的阿嬷是个怪人。

杨宝珠虽然不住水门巷，但对此也早有耳闻。她刚来市民政局社会福利科的时候，科里的"老人"张姐就提醒过，千万别接小志的烂摊子。这宗案子，被区上几个收养登记员踢皮球，来来回回，好几年过去了。如今小志正好八岁，八岁就更难办了，必须征求被收养人本人同意。可他阿嬷还在世，这祖孙俩哪里扯得开。那老的还没按下去呢，小的又翘起来。于是乎，烫手的山芋更烫手了。

闽南有句俗语，叫"上元丸包铁仔——勿会浮"，意思是事情无望，怎么捞也无济于事。如今，这沉了底的丸子，落到了杨宝珠手上。

杨宝珠初来乍到，科里的事儿，自然轮不到她挑挑拣拣。而且宝珠刚有两个月身孕，就算是为生孩子、坐月子的假期图谋，也得争取表现，啃下这块硬骨头。

水门巷的东口开在中山南路，西口开在竹街。行人一般从东进，由西出。巷子里有供奉观音的观音宫，供奉刘备、关羽、张飞的三义庙，敬拜玄天上帝、真武大帝、田都元帅的水仙宫。除了本地人时常上香，旺季里也不乏游客流连。若不为了烧香，单纯是馋咸水包、润饼菜、面线糊这些吃食，也可以由东至西依次光顾那些店铺，保管出巷子西口的时候已经吃了个肚子圆滚滚。

不过今日宝珠可没有丝毫雅兴，她从中山南路拐进水门巷，凉皮鞋踩得石板地铿铿铿地响，一路思忖着如何向小志的阿嬷开口，不觉眉头都紧皱了起来。

"要当心那个陈老太，她啊，海里落雨一样的脾气。"

张姐叮嘱过宝珠。海里落雨是什么样的脾气呢？估计就是很"歹僻"吧。

本来，办理收养儿童登记是区民政局的事。可一旦收养人涉及港澳台同胞，案子就交到了市里。偏巧有对来自台湾的夫妻符合收养条件，杨宝珠只得硬着头皮接下了这桩谁都不愿接的事。她查阅了小志的卷宗，几年来无论是收养登记员还是符合条件的收养人，都换了好几茬。原因也简单——没一户收养人入得了那位怪脾气阿嬷的法眼。孩子大了，事儿更难办。这次杨宝珠一定要把老太太的工作做通，拔掉这个市档案卷里的"钉子户"。

心意已决，她便加快了脚步。

和观音宫、三义庙、水仙宫的大门大脸不同，水门巷里还有间小庙，夹在邻里的洋楼与大厝之间，逼仄得像个撅着屁股随时站起来要走的人。若不是屋顶灰白的石雕宝塔和青绿的瓷烧龙凤看起来有几分讲究，那这庙真是一丁点儿体面也不剩了。

偏偏这样一间破败不堪的屋子，却有个器宇轩昂的名字，"南安郡天仙宫"。门厅、天井、享堂一应省去，跨门而入便能看见一尊小小的、褪了金的娘娘像，半明半暗地端坐在猪血色的神龛里，案几上供奉了一些红红绿绿的点心瓜果。那略有些寒酸的排场,甚至不如本地一些大户人家的供奉中看。这尊娘娘像,便是庙里所敬拜的"天仙"。"天仙"本名陈靖姑,生于唐朝年间,因婆家在古田县临水乡,所以人们称她为"临水夫人"。闽地香火最旺盛的两位女神,一位是天后妈祖娘娘,另一位便要数这位保佑妇儿的天仙圣母临水夫人了。

在陈靖姑出生地福州仓山下渡有临水夫人的祖庙。福州话里,"母亲"唤做"娘奶",人们敬临水夫人如同自己母亲一般,所以那祖庙也被称作"娘奶庙"。每到正月十五临水夫人诞辰日,"娘奶庙"里金纸齐山,花香委地。想求子嗣的妇人络绎不绝地来庙里"请花",请白花是求男,请红花是求女。请得"娘奶庙"的花回去,若梦中出现兰花,更是极好的兆头。此事另有一说,据说春秋时郑穆公的母亲就是梦见神明赐予的兰花,生下郑穆公的。

由祖庙开枝散叶,临水夫人庙在闽台两地落地生根,香火绵延。各地分宫都去祖庙请香接火,泉州最有名的临水夫人庙,自然是奇仕妈宫;而在对岸宝岛,临水夫人庙亦不下百所,台南县的大士殿、伍德宫、开隆宫,高雄县的注生宫,屏东县的永福堂等,不一而足。

这次的收养人,正是一对无法生育的台湾夫妇。太太在那边求遍了"临水夫人",一直无果;今年正月十五去了一趟福州的祖庙,请花、请鞋、请蛋做了全套,结果一回家便"梦兰有兆"。夫妇俩多方打听,得知在泉州市民政局社会福利科的待收养人资料里,有一个八岁男孩名叫小志,自小住在"南安郡天仙宫",他阿嬷的名字还偏巧有个"兰"字。更巧的是,这对祖孙与那夫妇二人,都姓陈。

山不在高,有仙则名;庙不在大,有神则灵。这不起眼的临水夫人庙里的一老一小,让那对夫妇甚觉有缘。

小志的阿嬷自1988年起便在此居住,平时编竹器为生,也收些零散香火钱度日,至今已有八个年头。

那时她就已是一个年近七十的孤寡老太,独来独往,性情孤僻。刚住到水门巷时,街坊很快发现她是个"痟查某"——本地话里这么称呼疯癫的女人。曾经有好心的邻里替她养在墙角的兰花浇水,这老太太不仅不领情,反而上门一顿数落,让人哭笑不得。

那兰花确实是她的宝贝疙瘩。泉州的兰花种植历史源远流长。南宋末年,赵时庚撰写了《金漳兰谱》,这是世界第一部兰花专著。书中详细介绍了产于漳州、泉州、瓯越等地的兰花品种,并评述了品评、爱养、栽培、施肥、灌溉、移植、分株、土质等方面的经验。从宋元至今,纵使街边的三岁小儿,也能随口叫出墨兰、春兰、蕙兰、建兰之类泉州名兰的名字。可小志的阿嬷却宝贝着一株生在墙角、不知名属的兰花,着实令人费解。

除了性情上的古怪,她行事也异于常人。而这种异常,又往往不是什么好事,久而久之,她便成了街坊眼里的"乌头嘴",每说坏事总会灵验。

比方说,"南安郡天仙宫"一直香火稀疏,昨年4月这老太太突然买回来许多邓丽君的海报、磁带,又给庙里的香烛套餐涨了价。凡来敬拜临水夫人的,请香时依据套餐金额多少,赠送海报磁带。本以为对门可罗雀的"南安郡天仙宫"来说,这是包赔不赚的买卖,谁能想到5月8日就传来邓丽君在清迈美萍酒店香消玉殒的噩耗。市场上邓丽君的海报和磁带一时间洛阳纸贵,香客们纷至沓来。平日里都是女香客,这时男香客占了上风,都图的是买香烛套餐,换睹物思人。冷冷清清的"南安郡天仙宫"也热闹了小半月。

"疯查某"和"乌头嘴"的称呼,街坊们只敢背地里议论。当着面儿时,有的不免嘴上讨巧,管这守庙人叫一声"陈太后"——不知是哪里的说法,陈靖姑也曾被封作"陈太后"哩。老太太自然知道这是揶揄,非但不会高兴,通常还要把脸一沉，嘴里骂骂咧咧地走开。

老太太本名叫做陈美兰，是南洋归国华侨的第三代后人。"陈"是泉州第一大姓，也许因缘际会，她便成了临水夫人陈靖姑在尘世的守护者。

几年下来，街坊眼中她的守护却也称得上十分尽心。

清晨五点起床，洗漱，扫洒，打坐，摘菜，烧饭。陈美兰午前会烧好一大锅饭菜，小志的一日三餐都在这里头了。饭毕，陈美兰过午不食，下午便在屋里阴凉处编竹器。她编得慢，那畚箕、竹笠、米箩和提篮也便长得慢。竹子是生长最快的植物，陈美兰手中的竹器却是生长最慢的器物。她说早些年去竹市选材，把竹子运回家破竹、劈条、刮青，自己都是亲力亲为。如今老了，做不动了，只能买回处理好的竹条，在日复一日里慢慢编织。

等日头落下去，屋里的光也暗了，她就把竹器放到一旁，缓缓起身，取来一方手帕，细细地把临水夫人像从头到脚擦拭一遍。擦毕，陈美兰就跪坐在那龛前，双手合十，开始祷告。这样的祷告，一般会持续到子夜。数个钟头的无声的祈祷，每天如此，从未间断。直到万籁俱寂，陈美兰把她要对临水夫人讲述的心事诉说殆尽，这才从地垫上爬起来，慢悠悠地去睡觉。

泉州的神明离人们的日常如此贴近，街坊的孩子认神明做"契父母"；成人则像孩子一样为神明"做生日"；重要的日子里，人们还会隆重地将神明从宫庙里请出来，抬着巡境或回祖庙"谒祖"。没有人比一个泉州人更懂得，神明不在头上三尺，神明就是身边的家人。

"南安郡天仙宫"里的临水夫人，就是陈美兰的家人。陈美兰老了，她每天都要同家人讲很多很多话，方能入睡。

泉州有成百上千间宫庙，每座宫庙，无论大小，都有陈美兰这样的凡人扫洒维护。这便是泉州的奇异之处。在这座半城烟火半城仙的小城里，神明守护着每一个凡人，凡人也守护着每一个神明。

而陈美兰数年如一日的作息，在向来觉得她是个怪人的街坊眼里，却一点也不奇怪。

"小志，你阿嬷又跟娘奶讲什么啦？"他们有时也会好奇地打听。

自然，他们从小志嘴里是打听不出什么来的。而那好奇心也十分随意，并不真切。一次两次打探不出来后，渐渐就没有人再打听了。转而问道："食未？无食，来厝内食！"

一个那么小的孩子上家里吃饭，无非是多一双筷子的事。

有时候，街坊也会问："陈太后，打算什么时候教你家小志编竹器？"

陈美兰会停下手里的活，没好气地把眼一瞪："编什么竹器啦？以后囝是要念很多书，有大学问的。"

她一辈子没读过多少书，自幼便开始学这门手艺。南洋华侨中，陈氏宗亲的数量颇为可观。到了陈美兰祖父母这一代，终于决定结束辗转在一个又一个海岛间的漂泊，落脚台湾南投县。南投盛产竹子，一家人便在信义山中开了一间竹器作坊。

说起陈家在南投起厝的故事，也颇为神异。据说自南洋归来，陈美兰的祖父母带回的全部钱银，仅够买下南投乡下的一亩地。买了地，就不剩分文起厝造屋了。看似山穷水尽之时，这对贫穷的年轻夫妻却从地里挖出了一坛金银珠宝，端的柳暗花明。

这是街坊们从口风甚严的陈美兰口中听得的为数不多的轶闻。

至于陈家又是什么时候从南投县来了福建，在陈美兰的嘴里就是一本糊涂账。她只记得自己是1919年生人，户籍和身份证皆是没有。据说她原本还有一位兄长，但在祖父母、父母相继过世后，1988年，大她八岁的兄长也在台湾离世。一生未婚、没有子女，孑然一身的陈美兰便来到了陌生的故土泉州，靠着祖传的竹编手艺和守庙人的身份，从此在水门巷安了家。

就在陈美兰安家于水门巷的同一年，不知是谁将一个婴孩弃于"南安郡天仙宫"门侧的水泥盥洗池里。正是春末，木棉花和羊蹄甲花争相吐蕊，开得很盛。那囡仔婴被一层薄薄的棉毯裹了，吃着手指，也不哭闹。

街坊是被陈美兰一串骂声惊醒的。她起得早，去水泥池子处洗脸刷牙，撞见躺在池槽里的活物便惊叫起来。骂归骂，吵醒了所有街坊四邻之后，陈美兰又软和下来，拿温水兑了些麦乳精，塑料小勺舀着，一点一点喂给那婴孩。

陈小志的收养登记是张姐办理的，那时她还是区上民政局的一个小科员。办理过程对她来说简直是一场噩梦。陈美兰的资料总是缺须少尾，每每让这老太太想法子去补开证明，她就倚老卖老地闹脾气。张姐为陈美兰收养小志的事来来回回跑了不少趟，差点无功而返。最后，亏得街道和派出所一起想办法，出具了陈美兰的居住证明和无犯罪证明，才终于在民政局结案了小志的收养手续。

但没消停几年，陈美兰又联系民政局，要求为小志物色新的收养人，说这个孩子将来有大出息，一定要能供团念书。

考虑到她的年龄和送养意愿，这几年，市民政局也在积极物色和联系符合条件的收养家庭，但总归是不合陈美兰的意。到了1996年，小志八岁，民政局告诉陈美兰，八岁儿童的收养是个坎，接下来手续更复杂了。她再阻挠，恐怕将来更难找到收养家庭。

陈美兰这下急了，三天两头往市民政局跑，积极表态今年一定配合好工作。

"我总归是死期到了，你们快替小志找个好人家接去。"她说。

一开始，人家以为这又是什么倚老卖老的糊涂话。不料，陈美兰却言之凿凿，把"死期"定在了当年8月。

街坊们想起昨年邓丽君的事，不禁对陈美兰的"死期"将信将疑。这陈美兰成天同临水夫人沉默地讲了那许多话，或许她也从沉默的神明那里听到了一星半点天机。

"会不会，这老太太得了什么病？"案子转到杨宝珠手上时，她翻着收养登记的卷宗问张姐，"慢性绝症的那种？前几年查出来了，就开始让我们物色收养家庭。可是物色到了，自己又舍不得孩子。今年，病情拖不了了，这才舍得让我们替她找个家庭把孩子接去。"

"也有可能。"张姐咂摸着宝珠的话，若有所思，"送养人这种情况，以前不是没有过……"她思的是什么呢？思的是反正这事儿现在不落在她自己手上，随它去吧。

杨宝珠怀里抱着一沓资料，走得有些出汗。她不知道水门巷原来这么长。可是，等她站在一间名为"南安郡天仙宫"的小宫庙跟前时，又觉得水门巷怎么这么短。

"南安郡天仙宫"的墙角摇曳着一株兰花，宝珠的视线从那屋外的兰花挪到屋里，瞧见一位老太太正在编竹器。

白花花的日光透过门框上的图案，曲曲折折爬过门槛，领着她的目光进了里头，攀过一地的竹条，沿着那老太太的双手，直爬上她的面颊。她动作缓慢，于是这日光才有了可乘之机。她坐在一道明、一道暗，一道暗、一道明之中，仿佛她自己也是竹条编出来的。编织她的竹条在漫长的时光里失去了水分，变得干燥而坚韧。

除此之外，仔细听，能听见屋里录音机传出隐约歌声。宝珠听出那是她极爱的一首歌，刘文正的《兰花草》。1985年，她还在市里的培元中学念书，第一次听到《兰花草》这首歌。培元中学的创办者李功藏与杨宝珠的父母一样,也是印尼华侨。有一次朝会过后,学校广播站里播放了这首歌。她只觉得演唱者的声音有种说不出的亲切与纯净,后来才知道唱歌的人叫刘文正,是对岸炙手可热的金钟奖男歌星。

宝珠的父母那时刚从印尼回闽,在离此地两百多里地的华侨农场上班,每个月父母来培元中学与她见上一面。宝珠央告了父母几回,终于在半年后得到了一盒刘文正的磁带。后来,因为同学们总借这盒磁带去转录到空白带上,《兰花草》的歌声渐渐失真,变得荒腔走板。宝珠亦是为此心疼不已。

此时,杨宝珠站在离门扇半米开外的地方,思忖着如何同这老太搭话。

"期待春花开,能将宿愿偿。满庭花簇簇,添得许多香"的歌声像一汪水,从屋里往外漫。漫到她的脚下,浸湿了凉皮鞋。

宝珠像怕湿了脚似的,不由得往后挪了两步。

陈美兰抬起一双鱼目浑浊的眼睛,一下子看到了站在门外躲躲闪闪的妙龄女子。

两人四目相对。

"请问,是小志的阿嬷吧?"杨宝珠喏喏地开口。

陈美兰没有回答,仿佛这不是一个问题。

"我叫杨宝珠,市民政局的。"杨宝珠又说。

陈美兰还是没有说话,仿佛这也不是一句介绍。

"之前是区上在办理小志的事,"杨宝珠一边说,一边抱紧胸前的那沓资料,跨过门槛,进到屋内,"目前有一些新的情况,今天来和阿婆您讲一讲……"

"我清早炖了花生汤,现在已经炖得烂烂的了,你要不要尝一碗?"陈美兰打断了宝珠的话。

见宝珠有些怔怔的,陈美兰又说:"孕妇放心喝的。孕妇喝了花生汤,孩子聪明漂亮。"

杨宝珠此时丝毫还未显怀,她个性要强,凉皮鞋都是带跟的,不想让人知道自己是个孕妇。她看陈美兰那笃定的样子,不知陈美兰从何处得知自己怀孕了,觉得好生奇怪。

陈美兰放下手里编到一半的竹笋,起身去盛了一碗花生汤来。

她让杨宝珠坐到一把带扶手的木头椅子上,正好椅子上放了绸缎包裹的坐垫和靠垫。宝珠坐上去的时候发现了几个被虫蚀出来的眼儿——都不在木头椅子上,在那绸缎上。

杨宝珠把资料叠到腿上，腾出双手，接过陈美兰递来的碗。

碗是温热的，陈美兰的手指却微凉。宝珠想起了一种用竹片串起来的竹席，就是这样微凉而坚硬的感觉。她小时候曾拿手抠过那竹片玩，她猜陈美兰的手掌一定布满了老茧，就像那竹片一样硌手。

杨宝珠低头盯了一会儿脚尖，抬头说："小志的事，区上和市里都很关心。目前呢，有一些新进展，我今天就是来和您说好消息的。"

"花生汤好喝吗？"陈美兰问。

杨宝珠这才捏起碗里的勺子，舀了一口喂进嘴里。小时候，阿嬷就爱炖花生汤给她喝。一锅花生仁炖得酥烂，瓷碗底撒上几颗冰糖，舀一碗花生汤出来，浓郁香甜到"顶开花，下结子，大人小孩爱吃甲要死"。那时候她父母远在海外，阿嬷的花生汤是她童年里最稳稳当当的甜。

刘文正的歌声和儿时的味道让杨宝珠渐渐放松下来。张姐不是说这老太太是海里落雨一样的脾气吗？杨宝珠抱着一丝侥幸地想，陈美兰看起来挺好打交道的，甚至有几分像自己的阿嬷。

杨宝珠把台湾陈姓夫妇想要领养小志的情况同陈美兰说了。

"阿婆老家在南投吧？巧得很，这对夫妻也是南投的，他们的屋子就在日月潭附近。小志若是肯念书，他们也肯好好供的。"杨宝珠使劲说了一箩筐那对夫妻的好话，连带那对夫妻向"临水夫人"求子，终于"梦兰有兆"，也添油加醋地说与陈美兰听了，生怕老太太这次又不合意。

杨宝珠说话时，陈美兰就直勾勾地盯着她看。

待她说完，陈美兰半是满意，半是惆怅地说："或可以做个好母亲……"

杨宝珠赶紧将碗放到一旁的案几上，倾身向陈美兰道："对啦对啦。资料我们都审过，他们一定会是好父母啦。"

事情差不多就这样定下来了。顺利得有些出乎杨宝珠的意料。

那天她和陈美兰约好了下次去市民政局的时间，陈美兰答应到日子带着小志去见见那对台湾夫妇。杨宝珠走出"南安郡天仙宫"时脚步无比轻快，夕阳正好照进水门巷，照得石板路金光闪耀、波光粼粼。

陈美兰目送杨宝珠像一尾游鱼似的出了水门巷西口。她回身去收拾案几上的碗，那碗已经空了。陈美兰双手捧起碗来，闻了闻，又伸出舌头，舌尖慢慢在碗沿上舔了一圈。过午不食的陈美兰，第一次为碗花生汤破了例。

没想到，接下来发生了几件事，又让小志的领养案子差点砸杨宝珠手上了。

先是3月，台湾岛内开始了所谓的"首次直选"。接着解放军在福建永安和南平举行了军事演习，四枚导弹飞向高雄和基隆的外海。岛内有钱的都坐着华航飞去美国加拿大，没钱的人心惶惶。银行大排长龙，老百姓挤破头要把钱取出来。身在南投的陈氏夫妻纵使求子心切，也不敢轻举妄动。

过了些时日，台海局势稍有缓和。他们便急急地过来，相约与陈美兰祖孙见面。

见面的地点在市民政局。此前数月，杨宝珠数次登门拜访"南安郡天仙宫"，陈美兰已经签好了大部分手续。邻里也听到了风声，渐渐会逗小志说："娘奶跟你阿嬷说，该把你送到台湾去享福啦！自己把屎把尿拉扯了八年的团仔也舍得，娘奶说什么你阿嬷就信什么。"

陈美兰关于自己"8月就要被老天爷收走"的言论，

也少不得被街坊们打趣。

"陈太后原来是住天上宫的哦!"他们说。

"我阿嬷说她就是从天上来泉州游一遭的,8月就要回去了。"一直沉默寡言的小志也难得地答话。

在泉州,连神都可以游,谁还不是来世间游一遭的呢?

陈氏夫妻与陈美兰祖孙的这次见面,在杨宝珠看来也是例行流程。不过正值台海局势缓和,局里的领导高度重视,日报和都市报也来了几位记者。科里的同事甚至还做了一条横幅挂在办公室墙上,以备合影留念用,红底白字:"两岸一家亲"。

可是到了点,左等右等,都不见陈美兰祖孙的影子。杨宝珠急得团团转。正是4月的天气,屋外刮着大风,屋内闷热难耐。她穿着一条无袖的棉布裙,大肚子顶得那裙子像包了个气球。阵阵热风中,气球快要挣脱了,飞出窗户去。

正当她等得不能再等,决定立刻去一趟水门巷时,人来了。

来人一老一小,老的不是陈美兰,而是一位街坊。陈美兰没有来,她托街坊把小志带来。

"陈老太后托我带一句话，"街坊忍住笑，眼睛瞪天，似在回忆陈美兰可笑的嘱托，然后振振有辞地背了起来，"陈太太、陈先生若要收养小志，须得答应：一则，一家人从日月潭搬去信义；二则，日后家里若添了丁，女儿要取名'陈美兰'；儿子随意。"

一屋子人，除了小志，顿时哄堂大笑。

他们都知道陈老太太古怪，却没想到今天还来这么一出。

陈氏夫妻倒也老实，竟不顾这要求没头没脑，反而忙不迭地应了下来。

杨宝珠心里一颗石子落了地，赶紧上前张罗陈氏夫妻与小志见面。双方先是有些拘谨，后来也你一问我一答地说上了。陈氏夫妻见小志模样呆呆的，但听说念书很用功，也连连说日后是要好好供他念书考大学的。

见面完毕，主角站中间，局领导、科室同事、杨宝珠，连带那位热心街坊，一同拍了合影。剩了少许手续，稍后补齐，这桩事就算成了。

水门巷狭窄的巷道里，有一棵上了年纪的蓝花楹。直到5月的一天它突然爆出一树漏斗形的蓝紫色花朵，杨宝珠才注意到它的存在。

细心的街坊也发现了，在蓝花楹开得最张扬的时日，杨宝珠的带跟凉皮鞋换成了棉布平底鞋；而她也再不怕"南安郡天仙宫"里溢出的歌声打湿自己的脚了。

在收养手续办结、等待台湾夫妇来接走小志的这些日子，她和陈美兰成了几乎无话不谈的朋友。

陈美兰对年轻人的世界似乎充满了兴趣。每次杨宝珠登门的时候，她都会放下手里的竹条，为她端来一碗花生汤，然后什么也不干，就那样坐在宝珠对面，细细打量着她，听她讲话。

譬若宝珠说到吕颂贤和梁佩玲演了《笑傲江湖》，自己被"令狐冲"迷得五迷三道。陈美兰会认真听她讲吕颂贤演的令狐冲是如何潇洒随性、重情重义。宝珠细眉轻挑、嘴角含笑地说到任盈盈羞恼拔剑要杀令狐冲，他竟主动袒露脖颈往剑锋上凑，那轻浮又真诚的样子真是让人喜欢得不行，陈美兰就一连发出一串心领神会的"哦"。

有时外面下雨，她们就坐在屋里听雨。雷声总像是在很远很远的地方，仿佛一座岛屿落进了海里。

台风天下雨的时候小志也不去上学。但无论他做什么，陈美兰都会凶巴巴地阻止。她不让小志碰自己的竹条，更不许他擦拭临水夫人像。小志趴在地上看画片，她也会吼:"厝内暗,眼睛要看瞎了!小小年纪就想戴个酒瓶底?囝仔将来还要做几十年的学问啦!"

而小志也一如既往地沉默寡言。

只有一次,当陈美兰起身去盛花生汤时,小志突然靠近杨宝珠,对她说:"阿嬷偷偷管你叫娘奶呢。"

杨宝珠听到这样没头没尾的一句话,以为自己听错了。这时陈美兰端着花生汤回来了,小志便低头走到一边去。

循着他走开的方向望去,杨宝珠的目光落在了那尊小小的、褪了金的娘娘像上。这是宝珠第一次认真端详临水夫人像。塑像眉眼舒展、面容慈祥,身着圆领广袖衣袍,腰系彩带,怀抱一婴孩,端坐于猪血色的神龛里。

宝珠心下思忖,"娘奶"的脸,或者与自己有几分相似吧。也许这便是陈美兰与自己投缘的原因?她的手不由得放到了高高隆起的腹部,心里对临水夫人祈愿道:娘奶啊,求你保佑这个孩子像陈老太太说的一样漂亮聪明。

然而天有无端风云,这一年的台风尤其多。

8月1日登陆福建的台风"贺伯"最为严重。那天杨宝珠在办公室接了一个电话,挂了电话她猛地从座位上站起来,两手撑着桌子,喘息了几声,便往门口挪。

"你这是急着要去哪?外面台风天欸!"张姐叫住她。

宝珠哼了两声,没有答话,继续大着肚子挪动脚步。

待她挪到门口,张姐惊叫了起来。

宝珠的两腿间,血水和着羊水,不停往下淌。

"宝珠,宝珠,你这是要生了!"

杨宝珠紧咬着嘴唇,眼里噙着泪,那脸色已经有些发乌。张姐赶紧拨医院的电话。好在那会儿电话还拨得出去,附近医院的救护车很快来了。

宝珠躺上了担架。她就这样一路仰面来到街上,这才发现街上一片兵荒马乱。

担架被推上了救护车。此时她已经痛得半晕半睡,只看见天空像是一块巨大的灰蓝色绸缎,被狂风暴雨撕得七零八落。

"姑娘,别睡!"护士每隔一会儿就拍醒她,"别睡,一会儿还得用力。"

最终,杨宝珠在医院生下了一个六斤四两的女婴。

之前那通电话是她丈夫的单位打来的,在台风抢险过程中,她的丈夫受了重伤。

生产之后,宝珠忧思过度,奶水一直少得可怜。那查某婴哭声很响,总吃不饱。她的丈夫在重症监护室里抢救了三天，最终还是去了。于是在生产后的第四天，宝珠的奶水彻底绝得干干净净。那婴儿叼着奶头使劲吸，却一滴奶水也未吃到，只吮出咸涩的血，哭得更是撕心裂肺。家里人轮番劝说她把孩子过继出去，趁着年轻将来还可以再婚嫁和生育。

宝珠紧紧抱着那孩子，不说话。

后来，连张姐也上门来劝她了。

"别的不敢说，为孩子寻个好人家是没半分问题。"张姐宽慰宝珠道，"要不然你自己看，亲自挑。"

末了，她又想起什么来似的，有意轻声道："对了，你不知道吧，那个陈老太可真是奇异……不偏不倚，她真的死在8月里了。我刚听水门巷街坊说的。"

陈美兰确实如愿死在了1996年的8月。正好是"贺伯"登陆福建的那一天。

她的葬礼朴实而简单，一应仪式皆省去，只是遗体在"南安郡天仙宫"的厅堂里摆了半日。街坊们想看的点脚尾烛、买路钱、枕头饭、脚尾饭都没有，只剩了一个"孝子捧饭"的环节，小志捧着米饭朝她跪拜，再把米饭撒在火炉中——就连那米饭，也是陈美兰自己当天煮好的。

她如同昨年预知了邓丽君的香消玉殒一样，预知了今日自己的死期。

这种对无常的有知，让街坊们心里生出无数异样的感觉，不过斯人已去，那异样之感随着陈美兰的下葬，便也死者为大、入土为安了。

也就前后脚的，台湾陈氏夫妇来泉州接走了小志。因缘际会，他们此行还收养了另一个婴儿。看来陈氏夫妇的诚心感动了临水夫人，"娘奶"让他们"梦兰有兆"、儿女双全。

他们也的的确确是虔诚的人。根据陈美兰之前提出的条件，这对夫妇有了一双儿女之后，很快便处置掉了日月潭边的屋舍，搬去了信义乡——那是陈美兰的老家。1999年9月21日，南投发生里氏7.6级大地震，日月潭受灾严重，整个南投只有地势陡峭险峻、位于偏远山区的信义乡损失较小。

南投9·21大地震六十周年纪念日时，大地震幸存者、七十一岁的陈宇志博士策划了一场名为《兰》的展览。

绘画、雕塑、装置艺术、手工艺品……来自十四个国家的艺术家通过不同文化背景下的艺术创作，探讨了兰花在人类文化中的深远意义。

在展厅的中心，有一间黑房间。这里没有光线，也没有声音。参观者进入之后，待眼睛适应了房间里的黑暗，便能看到空气中飘浮着一株株发着微光的兰花。伸手触碰，兰花就像水母一样，会随机弹开或者缠绕住人的手指。这些"视觉"和"触觉"都是人工植入的视觉形状和知觉，依赖于一种被称为"视觉假体"的技术，其初衷是为了让盲人能够"看见"；而现在，它已经成为一种常见的装置艺术形式。

退出这间什么都没有的黑房间，墙上有关于这件作品的简介。

作品名：《房间里的兰》
艺术家：陈宇志

这种兰花没有名字。它整体呈现出一种螺旋旋转的形态，仿佛整个花朵在宇宙中缓缓旋转。它的花瓣以一种非线性的、错综复杂的方式排列，从中心向外层层展开，每一层花瓣都微微倾斜，形成一种独特的旋转角度，就像哥德尔宇宙（Gödel universe）中物质绕对称轴的匀速转动，展现出一种动态的平衡之美。

花蕊是其最神秘的部分，它呈现出一种闭合的环状结构，仿佛是一个微型的时空隧道。花蕊内部充满了液体，这些液体在旋转的花瓣带动下形成了一种特殊的涡旋流动。这种涡旋流动不仅为花蕊提供了养分和氧气，还产生了一种类似于哥德尔宇宙中闭合类时曲线（Closed Time-Like Curves，简称CTC）的效应。在这个闭合的花蕊通道中，信息和能量可以循环往复地传递，就像在哥德尔宇宙中，时间旅行成为可能，信息和能量在闭合的时空中不断循环。

事实上，"艺术家"陈宇志并不是一位艺术学博士，而是物理学博士。用他的话来说："类时曲线表示物体以低于光速运动的轨迹，它提供了一种时空结构，允许物体或信息回到过去。当这样的曲线闭合时，就形成一个循环，理论上允许重新访问过去的时间点。"

这就是哥德尔宇宙，一个在想象中旋转的宇宙，如同一朵盛开在墙角的、不知名的兰花。

几十年来，陈宇志博士都在研究这朵"房间里的兰"——他觉得自己是那个在房间里看见它、摸到它的人，虽然房间里可能什么也没有。

"如果时间循环真的存在，时间旅行也能够成真，那么为什么我们从来没有遇到过时间旅行者？"有人这样问他。

"按照爱因斯坦的广义相对论，在哥德尔宇宙里进行时间旅行，就像打电话。也就是说，如果仅仅是在我们这个时代手握一部电话机是没有用的——在你想要旅行去的那个时代，必须也有一部电话机。"

"如何制造这样的'电话机'？"

"我发现人的出生和死亡似乎具备某种特殊的物理属性。出生和死亡的时刻，或许就是'电话机'——理论上每个人都可以通过时间旅行回到出生的那一刻，就好比你往自己出生的那一刻打一个电话；你也可以借用他人的出生坐标，回到他出生的那一刻，如果他愿意借给你的话。这就譬若，他说，嘿，我在1988年有一部电话，你可以拨打这个号码……"

"这个理论距离实际完成还有多远？"

"我们目前已经有一位志愿者。"

"志愿者？"

"是的，她是我的妹妹陈美兰。她真的往1988年打了一通电话——那是我出生的坐标。我把这个坐标分享给了她。她回去了；或者说，她在前面等待着和刚出生的我相遇。"

陈宇志博士六十三岁的妹妹陈美兰，是个对物理学一窍不通的老太太。她一生的大部分时间都在和竹子打交道。这算得上是世上数一数二平静的生活，但终于有一天，随着父母的去世被打破了。在父母留下的书信中，陈美兰得知自己与父母、哥哥并没有血缘关系，她出生在大陆，她的亲生母亲在福建泉州生下了她。母亲长着一对细细的眉毛，鹅蛋脸，像临水夫人一样慈悲而美丽，在民政局工作，是刘文正的歌迷，喜欢听《兰花草》。

六十三岁的陈美兰决定去泉州寻找亲生母亲。

然而不出所料，她的亲生母亲已经去世。

她想知道关于亲生母亲更多的事。她想同她说说话。她的哥哥把自己出生的坐标借给了她，于是利用某个她闻所未闻也无法理解的方程，她踏上了在一条如兰花花蕊般闭合的时间小径中的旅途。

她回到了1988年。

她从那时起就等待着。等待着与母亲初次见面的那一刻。

或者说与母亲"重逢"的那一刻。

在"南安郡天仙宫",她守着这个秘密。她先是捡到了自己的哥哥——他当然是个襁褓中的婴儿而不是七十多岁的老人。

在接下来的数年中,她仔细甄别着每一个可能是自己母亲的女人。她是一个孤儿,也是一个先知。

正如水门巷的街坊各个都知道,小志的阿嬷是个怪人。

不可能的身体

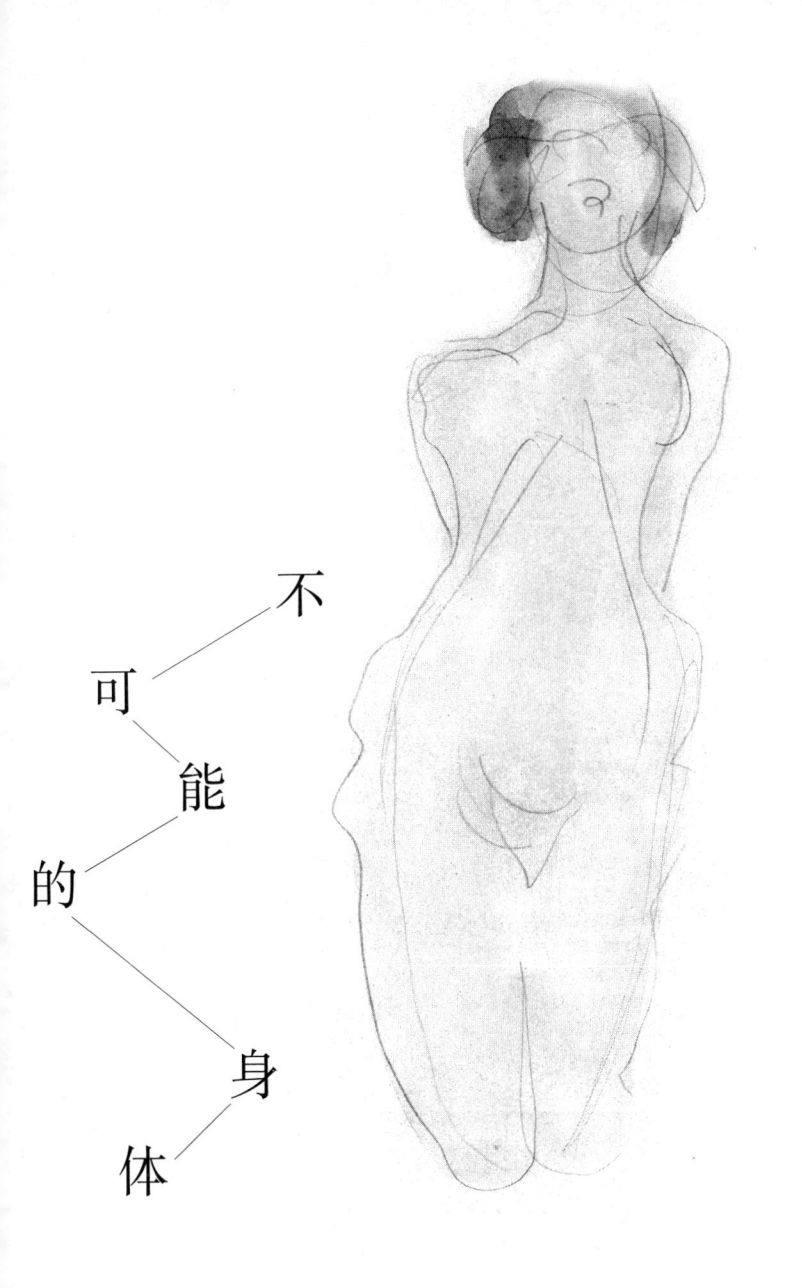

铁的记录

千先兰

> 千先兰，1993年生，檀国大学文艺创作系硕士结业。2019年发表《坍塌的桥》，以此开始创作活动。已出版《某种物质的爱》《一千种蓝》《夜晚造访的救助者》《无名之境》《朗与我的沙漠》《苔藓丛》等。《一千种蓝》2020年获韩国科学文学奖大奖，2025年已由兰登书屋推出英文版。

1313月13日

那个东西在刺绣。绣在脚底、脚背、脚踝，以及脚后跟和小腿相连的硬筋上。用腐蚀的嘴唇。

她直勾勾地盯着那个东西，因为无法感知它把嘴唇放在哪里。它的手紧紧地抓着她的大腿和小腿，仿佛要掐进肉里去。右手第四根手指被折断了，手臂上留下了梳子一样的划痕。落在肩上的叶子没有掉落，像化石一样生成烙印。后颈的数字被燎黑抹去，脸颊刻了新数字。

"这个数字是什么?"

她把手放在那个东西的脸颊上问道。133531。

"专注感知。"

那个东西抬起小腿,抚摸膝盖。嘴唇也贴在了膝盖上。刺绣。刺绣就是它的表达方式。用针将图画或数字绣在碎布或皮肤上的行为。对它来说,亲吻她的皮肤就是用针戳她,让她流血。这样,死去的感知就会温暖地复活。

但每当那个东西亲吻时,她想起的不是血,而是每到夜晚好似从天空中破洞而出的星星。看着闪亮,却不刺眼,也感觉不到温暖。向她靠近,在大气中燃烧,消失,最终冷却下来。只剩灰烬飞扬,无法用手触及,随风飘散。对她来说,感知,那个东西的亲吻,就是这样。

"告诉我。这个数字是什么?"

她又问道,同时用脚轻轻推开了它的肚子。这是一种无言的压迫,如果不告诉她,她就不会专注于这个行为。

"未来。"

"什么未来?"

那个东西和她对视。眼神交流比用唇亲吻更令人窒息。紧闭的嘴唇什么话也说不出,但眼睛总是会说话。是金属材质的个体的眼睛。

1335 月 31 日

"我也以为这是一个梦。非常清晰,生动得可怕,奇怪地反复。像是重复播放的视频之类的东西。这样的场景还有几个。

"我那时十二岁,头痛和晕车让我呕吐不止,四处徘徊。我迷路了。我在曾被称为'城市'的地方漫无目的地走着,踩着连化石都没能留下、骨灰般的建筑残骸,不知道脚下的路将通向哪里。一台狼目在我附近盘旋……

"有传言说,狼目会当场杀死没有正确插入芯片的人类。这话半真半假。假的那半是'当场'。你知道无处可藏的街道有多可怕吗?没有一根柱子、一片树荫、一个水坑。唯一能隐藏身体的地方,就是飘浮在天空中的、无法触及的云彩。逃离的希望本身就是地狱。你问如果狼目靠近该怎么办?感觉到狼目的气息,就是芯片没有正确插入而残留在我身上的生存感知。意识危险的本能。

"以这种方式感觉到狼目的身体会向我发出信号:**躲起来,躲起来,躲起来,不想死就躲起来。藏起身体,快。**但无处可藏。我苦恼了片刻,挖开大楼的骨灰,把自己埋在里面。每次呼吸,我的鼻孔都会吸入干燥、破碎的沙子。

突然，沙子压在我身上的重量让我感觉舒适起来。

"你知道吗？据说很久以前，人们会把死者埋在地下。放在一个木制的盒子里。就像人在诞生时从一个非常小而温暖的房间里出来那样，死后又重新回到了一个狭小、黑暗、温暖的房间里。人类将自己关在一个四面八方都被封锁的空间里，这或许是再自然不过的事了。视线无法穿透的又厚又硬的墙壁带来了安稳的感觉。所以，太疯狂了。建造无法藏身的建筑。规划这样的城市。为了让人意识不到这个事实，才在大脑里植入了芯片。摆脱身体，获得自由——披着这个看似合理的谎言。

"那个东西。

"奥米尼亚 Omnia。

"我被埋了几分钟、几小时，也许是几天，然后才出来。走了很久以后，看到碎玻璃里倒映的自己，我才意识到身上沾着泥土和虫子。正在吸血的虫子很大，几乎盖住了我的半条小腿。这太恶心了，但由于感知逐渐消失了，我根本感觉不到小腿，好像那不是我的身体。我像个傻子一样，甚至不知道它吸了我这么多的血。我就这样被吸着血，然后晕倒了。失去意识前，眼前是一片夕阳。飘浮在空中的红色球体。像奥米尼亚的嘴。被发现了。会被吞噬。我这样想着,闭上了眼睛。

"但很幸运,我没有死。睁开眼睛时,我最先看到的是天花板。星星、月亮、土星和木星的贴纸隐隐发光,伴随着旧木地板吱吱作响的声音,有脚步声逐渐靠近。又黏又湿,同时散发出油腻的气味。虽然比起气味,称为质感更合适,但你闻过吗,食物的气味?我是说,那种气味更接近质感。光滑、滑腻、扎手、刺挠、柔软、湿润……我没尝过,却知道那种味道。我们死去的味觉也能完全感受到。

"那个东西带来的是一种叫作艾草的植物蒸制的年糕。冒着白气的,热腾腾的年糕。表面光滑,里面柔软。那是我第一次经历这种感觉。不知道该何时闭嘴、何时咀嚼,舌头的位置也是一团糟,所以吃年糕时总是咬到舌头和嘴唇。那个东西告诉了我咀嚼的方法。活动下颌关节捣碎食物时,舌头居中,不要动。当食物在嘴里散开,无法咀嚼时,用舌头移动食物。我按照它的指示,慢慢地咀嚼年糕。虽然没有尝到味道,但艾草浓郁的香味和独特的质感,让我误以为自己已经充分品尝到了。那个东西对我说:

"'好久不见。你过得怎么样?'

"我歪着头，感到困惑。这种问候不适合那个东西和我。应该是：您好，初次见面。您是谁？您来这里有何贵干？您是奥米尼亚的鹰犬吗？您没植入芯片吗？诸如此类。然而，那个东西又问了一遍。

"'你过得怎么样？平安无恙吗？'

"我问那个东西是否认识我。它回答说认识。那天不是我们第一次见面。就是说，现在这样的事情以前也反复发生过。我那时像现在一样，也失去了记忆。我们聊了很久，那个东西又把我送回了这里。我不知道原因。它可能告诉过我，但我想不起来了。可是那个东西松开我的手时，仿佛已经知道我会再次忘记自己，把拇指放在了我的额头上。像举行仪式一样。我看着那个东西的瞳孔，明白了。它模仿了生物的眼睛，但更像是狼，而不是人类。狼目一样的瞳孔。它是拥有人类身体的机器人。

"它给我看了脸颊上刻的数字。那个数字是尚未到达的未来。解放日。找回身体的日子。回归感知的痛苦和快乐的日子。1335 月 31 日。就是今天。

"所以，百四，饶我一命。放了我。让我做我该做的事。那样，我就把你的身体找回来。怎么样？"

1335月1日

红。

卵。

椅子。

墙。

啪——！电子月历翻页的声音。

她睁开眼睛，同时深吸一口气坐起身。像死而复生的人，心脏咯噔一下。依然漆黑的视野瞬间引发了恐惧。

床头柜上叠放着早晨要穿的衣服。700103号。贴着类似囚犯编号标签的灰色工作服旁，电子月历上的数字从"1334-30"变成了"1335-01"。此刻刚过子夜。为什么在这个时间醒来？比预定的起床时间早了六个小时。她难掩脱离既定规则的惊惶，重新躺了下来。她闭上眼睛，放缓呼吸，仿佛从未醒来。但她睡不着。为什么会醒来？只有这个疑问在不断堆积，变成了担心可能永远无法入睡的焦虑。她不知道该如何停止这些想法。

可怕的凌晨。

1335月2日

就算是细微的声音,她也会被吓得打寒战,但她不断地试图隐藏这个事实。铁器碰撞的声音像锥子刺入耳朵,风声像子弹擦过。还有,仅是别人的干咳声就让她感觉像病毒来袭,狼目飞行的噪声像冰冷的金属粘在皮肤上。这是失眠与感官阻塞导致的副作用。感知受体无法将声音识别为声音,而是通过触觉来感受。在城市建设的寂静工地上,只有她一个人感觉像是在战场。

1335月6日

在做早操的131区新市民中,只有她在保持双臂平行伸展、缓慢呼吸的动作中停了下来。十列纵队的二百人中,只有她的面部朝右。当她左右张开双臂,盯着铁笼的另一边时,狼目-23飞到她面前,停在半空。

"您在看什么?"

狼目-23问道。模仿狼眼形状的狼目是这里的监视者。如果不听狼目的话,就会被面谈,所以她强忍着无视对方的欲望,回答道:"那支队伍。"所谓那支队伍,是指经过铁笼另一边的130区的队伍。

"请专注于体操。激活身体机能很重要。"

狼目-23从她身边经过。她专注于"专注"这个词。她环顾四周。不专注于体操的新市民只有她自己。从什么时候开始不再专注了？为什么只有我的专注被打断了？是我自己打断的吗？她一时有些混乱，但很快就感到了一丝微弱却清晰的兴奋。她不仅打断了专注，还骗过了狼目-23。她凝视的是铁笼对面，130区队伍另一边的天空。天空像是两块屏幕拼接在一起，左边蔚蓝无云，右边覆盖着钢铁厂的巨型烟囱喷出的熔炉烟雾。然后，她又意识到一件方才忘记了的事情。她伸展着双臂停下来的原因。

她仍然张着双臂，这次低头看着自己的脚。可以看到能映出她光秃秃的头的光亮灰色水泥地面，还有她拼命洗干净的赤脚。

脚下有什么东西。

1335月7日

她从凌晨开始用剃须刀刮头发。因为照镜子时，突然看到自己的头皮上正在冒出乌黑的头发。她用指尖慢慢地抚摸着头皮，动作非常小心，以免锋利的刀片划伤头皮或手指。头皮和指关节都没有感觉，所以下手必须更加小心。每次剃头发时，她都会像警示灯般想起那次，因为没注意这些，结果在头皮上刮出了很大伤口的事。她理完发，收拾好剃须刀，准备洗手，却看到鲜血啪嗒啪嗒滴到了洗漱台上。她以为是鼻血，毫不在意地关上水龙头，抬起头一看，镜中映出她头皮上的鲜血流了满脸的样子。止血以后，她才发现自己刮了一个很深的伤口。如果不集中精神，就无法保护失去感知的身体。痛苦的功能是保护，这是种矛盾。那么，植入新市民大脑的"总感芯片"，那个似乎温度稍微暖和一点就会融化的雪花般的小薄片，是会将新市民从痛苦中解放出来，还是反而会将他们引向危险？不过，极有可能两者兼而有之。因为"正常"或"自然"状态总是具有两面性。然而，她始终觉得总感芯片可能会偏向其中一个目的。这种想法挥之不去，已经持续了半个月。这意味着，她已经半个多月睡眠不足了。

总感芯片使睡眠节律恒定。因此，每个新市民都有七个小时的睡眠。适当时长和质量的睡眠不会造成体力和情绪的起伏，因此也不会产生伴随睡眠状态的压力。这可以使他们始终保持清醒的头脑，没有任何潮湿的阴影。

不幸在裂缝中发芽。

"！！"

她的左侧额头上出现了一条红色实线。鲜血逐渐像水滴一样凝结，她用纸巾压住伤口。伤口比想象的要深，纸巾很快染红了。她意识到这不是纸巾可以止住的伤口，于是盖上毛巾按压。她突然回想起来，导致她受伤的场景是在一个初次经过的陌生小巷，写在破旧建筑外墙上的一句话。比起那句话的内容，陌生的小巷和破旧的建筑更让她感到困惑。她从来没有去过那样的地方。这个世界上已经没有那样的地方了。"地球图式化"进程也在今年迎来了第111年。飞跃是毁灭。

人为创造的所有东西，人类的创意性、创造性、独创性、艺术性、进取性，以及无可消除的权威、荣誉、成就、自我陶醉之类的东西，造成了第一次毁灭，城市的崩溃。这件事发生在111年前，没有留下任何形式的记录。于是，她常常任意想象那永远未知的毁灭现场。安装炸弹的大楼、地标、大型园区、工厂、桥梁等倒塌的瞬间，人们脸上的表情。随着爆炸的建筑物坍塌的表情。摆脱陈年污垢般神清气爽的表情。或者面无表情。如果是最后一种情况，可能是植入脑中的总感芯片匆忙结束了"文明终结仪式"。

这就是导致她睡眠不足的梦境内容。神情冷漠地看着城市消失的人群之中,总感芯片工作失常的唯一一人。面无表情的人类如毁灭之城的行道树般伫立,那人行走其间,脸上逐渐被恐惧浸透、冲刷、击溃的恶心表情。那副表情的主人,就是她自己。

她是从感觉到震动的那一刻起开始做梦,还是通过做梦感觉到了震动,两者之间的因果关系并不确定。也许这两件事同时发生,存在她未能察觉的其他原因。重要的是,梦境打乱了她七个小时的睡眠,并且让她感觉到了震动。

就像现在这样。

洗漱台里的水激起了轻微的波动。她用毛巾捂住额头,看着浴室的瓷砖。很远很深的地方传来震动。脚趾和脚背上的绒毛因震动而轻微颤抖,有种正在向上冒的感知或错觉。她跪倒在地板上,轻轻地把手放在瓷砖上。手指上的绒毛微微颤抖。她感觉到了震动。如此的深沉而朦胧,无法估测始于何处。

哐,哐,哐……

沉闷而空洞的声音。她看到了连接洗漱台的排水管。有什么东西正在敲打排水管。她急忙赤脚跑了出去。她到达了地面，但通往地下的门被堵住了。

1335月10日

她用双手食指勾住双脚拇指的姿势看着天空。看不太到。想要完整地看到天空，必须更靠后地仰头。但厚厚的皮肤、结实的肌肉和坚硬的骨骼组成的身体不允许她这样做。即使感觉不到疼痛，身体的活动范围仍然有限。她没有再把头向后仰，而是移动了眼睛。如果能像狼目监视新市民那样，360度旋转眼球就好了。她的眼球已经转到了极限，无法继续移动，否则只会血丝爆裂，变得通红。天上正在下雨。得益于此，钢铁厂的烟无法凝聚，而是不断散去。她想，如果继续这样盯着天空，眼球可能会爆开。这种行为可能会带来痛苦。她看到130区的队伍经过。当131区做体操时，130区会从铁笼的另一边走过，也许，这永远都不会改变。

1335月12日

数百名新市民正在搬运巨型钢筋。她看着蚂蚁列队爬过鞋面，想着这般景象也像一起运硕大食物的蚂蚁。她的头跟随蚂蚁移动，试图确认队伍的起点，但看不到尽头。

无尽的队伍穿过新市民，连续不断，仿佛可以轻松到达地平线之外。在地底下，有着人类无法模仿的、平等建造的实用而坚固的房屋。新市民的理想和最终归宿。

她遥望地平线，眼中映出了列队整齐的新市民。那人终生只用左肩承受钢筋的重量，以致骨头变形，像驼背一样隆起，肌肉更加发达，凝固的脓血让皮肤变黑。她慢慢识别着那张看起来异常黝黑的脸。太阳穴上的老人斑和那下面密密麻麻的雀斑、眼角的皱纹都清晰可见，让人感到恶心。身体仍然未能摆脱衰老。但这有什么问题？摆脱了衰老导致的各种疾病的痛苦，超越于衰老、疾病、痛苦和死亡之上。人类唯一未能征服的，便是从痛苦和死亡的恐惧中解放。这不就够了吗？她看到的新市民既感知不到覆盖自己身体的衰老，也感知不到变形的肩膀。如果对痛苦一无所知，自杀会变得更容易吗？

和她一样肩扛钢筋、步调一致行走的新市民停下了脚步。她比他们晚了一步，感觉到刺激，也停下了脚步。旁边的队伍继续前进。只有她的队伍停下了。她越过身前新市民的肩膀看去，长达十公里的钢筋搬运队伍根本看不到尽头。不知道问题出在哪里。远处传来脚步声。接近奔跑的声音。喘气声越来越大。正在靠近。有什么东西正在向这边跑来。她以为是野兽,但逆行跑来的是一名年幼的新市民。

年幼新市民正在逃亡,右肩脓血爆裂染红了衣服,眼神里充满了恐惧。过不了多久,狼目就会找到年幼新市民,然后"暂时"带她去某个地方。

她向跑来的年幼新市民伸出了手。年幼新市民吓了一跳,停下脚步看着她。她示意对方靠近自己。年幼新市民摆出了野生动物般警惕她的架势。然而,没有时间安抚这位年幼新市民了。她松开钢筋,离开队伍,开始挖地。她的食指指甲被石头尖撞断了。由于感觉不到疼痛,她没有停下,挖了一个足以让年幼新市民钻进去的坑。

她再次示意年幼新市民靠近。年幼新市民对她的举动感到疑惑,但一听到狼目靠近的声音就不再犹豫地向她跑来。她把年幼新市民放进坑里,盖上沙子,低声说:

"在这别动,我会来接你。"

"……"

"虽然可能很可怕。"

然后,她听到了意想不到的回答。

"嗯。"

1335月13日

做梦。奔跑。逃跑的年幼新市民,少女。本以为是她埋进沙子里藏身的女孩,但不是。这是一个面孔陌生又熟悉的女孩。

1335月15日

"如果对痛苦一无所知,自杀会变得更容易吗?"

她只舀了作为餐食提供的燕麦粥喝。餐食是燕麦粥和一袋索拉波特(Solar Pot),还有用来混合的五百毫升水。一天两顿饭,只是粥的种类不同,其他都一样,零食是昆虫和花生混合的能量棒。根据每个人的体重分级,分量有所差异,但所有的膳食量都为每个人量身定制,既不多也不少,是一份可以完美补充每日营养和热量的食谱。最重要的是,这种被称为"太阳能量"的索拉波特拥有身体所需的所有营养,甚至包括饱腹感。

百四在索拉波特里兑了五百毫升水,看着她。

"只是突然感到好奇。"

百四开口说话之前,她已经辩解般补充道。

百四的原名是700104号。号码排在她的下一位。简称百四,就像百四叫她"三"一样,她也可以用更简单的数字缩写来称呼百四,但百四和"百四"很般配。因为这个词的发音在韩文中与"白蛇"相同,而百四与患有白化病的蛇有着相似的独特神秘气息。

百四和她一样,是"头部闭合不良"的新市民之一。闭合不良更接近于"没有完全关闭"的意思,并不意味着"打开"。总感芯片将所有人融为一体,成为建设新城市的无意识劳动者,摆脱了虚荣、权威、荣誉、统治与表达欲,从而使人类脱胎为新城市的主体——新市民,但无法整合为一体的个人独特性,产生了极限的差异。总感芯片结合率100%的新市民完全摆脱了身体的感知,从欲求中获得了解放。生存所需的生理需求自不必说,从痛苦中获得解放意味着摆脱了追求安全的欲求,安全欲的解放意味着摆脱了组建社会的欲求,社会欲求的解放意味着摆脱了在群体中得到尊重的欲求,其终点是从自我实现中解放。不想探索我是谁,我为什么存在,我在这里扮演什么角色。她觉得,不追求真理、对世界缺乏好奇心的人,像是城市里的路灯,到了时间就亮,用完就灭,并不比路灯上聚集的飞虫更有生命力。

总感芯片结合率80%的新市民,会把目光投向风景。时常和猫狗互动,但也仅此而已。对外界的好奇心最终没有转向自己。只要结合率低至60%，就会看天、看地、看其他物种、照镜子。虽然可能不会在镜子里看到长出的乌黑头发、胡须、老人斑、皱纹或雀斑，但至少可能会重新意识到自己有眼睛、鼻子和嘴巴。不过，就算只到这种程度，也能像百四一样与她眼神交流、语言交谈。知道你和我不同，我们每个人都有一个没有被总感芯片稀释的思想块。因此，"头部闭合不良"的新市民们会彼此对话。尽管她的闭合不良程度，仅以这种分类并不能解释。

"没有痛苦，为什么选择自杀？死亡是摆脱痛苦的最后手段。是结局，虚无的。如果没有痛苦，生物就不会想死。"

死亡不是手段，死亡不是结局，死后不会留下身体吗……她想到了反对意见，却只是点点头。疑问接连不断，似乎也是总感芯片未能正确插入的副作用。她环顾四周，大家只是默默吃饭，没人发起公论。即便开始了对话，也只是形式上的单调对话而已。不能被发现。她问的问题本来就出乎意料，幸好百四没有注意到。因为百四只是一个轻微闭合不良的新市民。

百四吃了用水稀释过的索拉波特。突然，她感觉询问"吃不吃"索拉波特很奇怪。比起"吃"的行为,索拉波特更适合的表达是"注入"养分或"充电",更严谨一点是"推入"。那是一种白色粉末,无臭无味。可以不兑水直接吃,但大多数,不,所有新市民都采用推荐的食用方法。**请用五百毫升水稀释后食用。**没有人想改变那仅有一行的服用方法来符合自己的口味。那种欲求被切断了。

某天早晨,那行字在她眼里格外清晰。她呆呆地站在厨房的架子前,瞪着那句话,把手里的杯子放回橱柜,第一次把没有兑水的索拉波特粉直接倒进了嘴里。粉末太干了,几乎吸走了口腔里的所有水分,她不小心呛到,咳嗽得直掉眼泪。没有任何味道。尽管这是显而易见的事实、众所周知的事实,但她咳嗽得脸都红了,重复着这句话。没味道。感觉不到味道。感觉味道的部位在嘴里,里面的舌头。嘴里有舌头。柔嫩的口中厚实而坚韧的块状物。这是与生俱来的身体,但她第一次意识到那个部位。嘴里有块这么厚的东西,很是怪异。她感到不舒服。忘记了怎么闭嘴。那天,她在镜子前扭动嘴唇,笨拙地练习闭嘴,还观察了镜子里的舌头。像沥青表面一样凹凸不平的突起。她用指甲刮着突起,然后抠下了一个。那是一个看起来不会留下任何撕裂痕迹的小突起，但出乎意料的是，出血特别多。她在陌生的疼痛中捂着舌头，非常难受。舌头还活着。这样的表达或许不恰当，但她感觉舌头像一个拥有不同自我的寄生生物。她感到恐惧，担心舌头越来越大、越来越长，它的挣扎可能会阻塞气管。她感到恶心。由于无法拔出舌头，她捂住了嘴，希望舌头能够安静下来。

那天，她做了第一个梦。从未去过的老木屋里，有一张足以坐下十个人的古木圆桌。中间呆愣地放着红色咖啡豆。她醒来才知道那是一场梦（不，其实她醒后很长时间都不知道那是一场梦）。从那天起，梦一直继续。在梦里，餐桌逐渐变小。从十人桌到八人桌、六人桌。今天的梦里是单人餐桌。今天，她没有桌子，孤零零地坐在椅子上，红色的咖啡豆在她的手掌上。

啪。

她在杯子撞击陶瓷桌的声音中回过神来。百四正入神地看着她。

"为什么？"

"如果逃跑，就会被抓住。"

百四干巴巴地说道。

"就算尾巴再长。为了生存，也要砍掉。就算足有身体的一半。"

"……"

"如果不继续吃索拉波特,奥米尼亚就会来找你。真令人头疼。我不想知道你为什么不吃。你必须吃。"

1335月16日

"有人注意到了你的存在。你留在这里会暴露。"

但她也没有其他选择。此时此刻的这里,九坪的房间是城市里唯一可以隐藏年幼新市民的墙。

"我应该回哪里?地下?"

年幼的新市民问道。听到年幼新市民好似挖苦的语气,她皱起了眉头。

"别对我无礼。"

"我没有无礼,只是问你现实的方法。"

那天,过了七个小时以后,她才重新回到埋下年幼新市民的地方。通过城市各处设置的坐标柱,那个位置不难找到,但当她再次到达那里时,沙子却难挖了。

就这样埋着不是更好吗?甚至不知道自己正在死去。意识不到自己被活埋了,怀抱着会有人来救自己的温暖火苗,慢慢死去,或许更好。是现在接近的脚步声,还是更远处传来的那个声音呢？如果再坚持一会儿，就会来救我吗？如果来了，我会去哪里？……这样的期待是多么珍贵啊。珍贵的东西是多么特别。荒凉的沙子坍塌，冰冷的雪花堆积，漫不经心绽放的无名花下，只属于自己的温暖舒适的房间，可以在这里做梦。但她残忍地挖开了地面。挖出了均衡吸收土壤的水分和微生物的营养，正准备重生的年幼新市民。被泥土覆盖的身体轮廓逐渐显露出来，明亮的棕色眼睛与她对视。从地里出来的年幼新市民对她说：

"它说对了。如果我在新市民中奔跑，就会遇见你。"

"它是谁？"

"影子，shadow，Sombra，ﺿﻞ，かげ，ꞌꞌꞌ，Сүүдэр……还需要更多的语言吗？"

"抱歉，我第一次听说。"

"它说得没错。它说你不会记得自己。它还让我这样对你说：**不幸在裂缝中发芽**。"

回想起当时的谈话，头痛袭来。头痛随梦而来。梦一定伴随着头痛。所有不扎根于现实和当下的思考，必将充满痛苦，为了摆脱那种痛苦，人类不是已经阉割了梦想未来的所有手段吗？她停止思考以缓解头痛。至少现在还能做到。

"先吃点这个吧。"

她递上索拉波特。

"我不想吃这个。我宁肯挨饿。"

她唯恐年幼的新市民说尝到了味道,莫名地害怕听到这句话,所以没问为什么不吃,而是收起了索拉波特。饿死也无所谓,她这样想着,却又尝试寻找其他地方以便年幼新市民藏身。她对这样的自己感到矛盾。

"去地下吧。"

年幼新市民对转身的她说。这次听起来像是嘲讽。她转回身去。生出了比平时更大口吸气、用喉咙用力说话的欲求。手掌、脖颈、肩膀发热的感觉。这是愤怒,但还没等她发泄愤怒,年幼的新市民继续说:

"去更深的地下。"

年幼新市民说:

"去你去过的地方。"

继续,继续。

"记住,然后观察,这座城市是什么形态。"

她终究无法理解。

1335月31日

"出现红色咖啡豆的梦还在继续。直到现在。做这种莫名其妙的梦,我该有多痛苦啊。但现在我知道为什么梦里会出现红色咖啡豆了。'产于埃塞俄比亚圣塔维尼自治街坊联合会的果实。干燥八到十五天制作而成。第一口可以尝到橙子的味道,最后是石榴的酸味。还可以感受到平稳散开的芒果甜味。'自从发现埋在沙子里的那张纸以后,我一直在想这件事。

"什么是第一口是橙子味,最后是石榴味的咖啡?你不好奇为什么埃塞俄比亚地区的果实中会有那种气候下不出产的橙子和石榴的味道吗?你不想尝尝吗?我有时会好奇得睡不着觉。然后,我又意识到了一个问题。我甚至不知道橙子和石榴的味道……要想象咖啡的味道,还得想象从未接触过的橙子和石榴的味道。多么复杂而困难。我的头都快抽筋了。

"橙子和石榴起初是毛茸茸的水果,后来变成了像玄武岩一样凹凸不平的水果,最后变成了像铁一样又冷又硬的水果。我用想象舔舐着水果。从地里长出的植物结出的果实。它像地球的一个突起,也许这就是为什么它看起来像是在舔舐地球的皮肤。橙子和石榴有泥土的味道,但有时泥土也有橙子和石榴的味道。我还不知道那是什么味道,但无论如何,它会比我们现在吃的食物的味道丰富得多。

"埋藏那张纸的地方或许曾是人类喝咖啡的空间。你不好奇那个场景吗?他们是否像我们这样把咖啡放在只有三格的盘子里,或者装在像出土的器皿碎片一样华丽的盘子里?他们是像我们这样在铁制桌旁坐成一排,按照规定的时间一起吃饭,还是独自陷入沉思,专注于舌头的感知?舌尖上的那个小突起,就算存在感知,又能体味到多少呢?所以很神奇。几倍大的身体仅通过小小的舌头感受快乐。难道不是吗?我得出的结论是,如果想充分享受这种快乐,就不会使用像现在这样平平无奇的碗。餐具会形状各异,拥有五颜六色的花纹。他们可能还铺了同样色彩斑斓的桌布。在曲线优美的花瓶里插了花,旁边摆放一个只用于装饰的雕塑。

"但最重要的是,穿过墙面中央的窗户、被四方形框架裁剪后照射进来的阳光,覆盖在桌面上,比任何桌布都更加绚丽、温暖。阳光还洒在了厨房料理台和瓷砖墙壁上,坐在桌旁的人的膝盖上,拿着餐具的手和肩膀上。这是四面封闭的建筑创造的礼物。这是太阳自转和地球公转创造的浪漫。瞬间的碎片。

"你吓得脸色都白了,百四。你的脸色和绰号很般配。我知道你想说什么。不,这不是你想说的话,而是灌输给你的语言。这不是你自己思考得出的结论。身体的感知死了,精神怎么可能还保持清醒呢?

"让我告诉你一件你忘了的事,百四。权力、阶级和阶层引发事故,城市每天杀死数百人。在此之前,其他存在已经被赶出了那个空间。那的确是只有阶级和劳动的空间。不过,一切的开始都存在自主性。几个世纪以来,随着建筑物的建造和拆除,城墙从抵御敌人攻击的屏障,后来成为炫耀财富和荣誉的艺术,再后来沦落为集中控制劳动的手段,甚至失去了它的美丽,但这并不是城市的究极核心。我们在其中,用美丽的盘子喝咖啡。外表看似相同,内在完全不同。自由。艺术并没有消失,而是改变了位置。从外到内。隐秘地,任何人都无法轻易看到,只有获得许可才能看到。那种趋势可能是因为克制和控制已经成为美学的核心。坚守中庸之道的人物形象。只有在富足地拥有一切之后,才会渴望余白和留空的价值。社会所期望的尊敬标准已经改变。从数以万计的百姓看着一个戴着金条的裸体国王,到数十亿戴着金条的百姓看着一个道德成熟的人。

"奥米尼亚下达的克制和控制的解决方案,就始于这里。误解导致的悲剧。我们的控制只是诞生于过度自由带来的焦虑罢了,我们不希望它主宰一切,是吧?"

1335月17日

黎明时分,深蓝色的天空中挂着一轮白色的半月,一道红色的光芒划过了天空。她家玄关门前的过道上升起的光线,是奥米尼亚的一部分。奥米尼亚的本体并不在这里,而是在北纬90度,北极点。奥米尼亚将两毫米的钢筋像蜘蛛网一样密密麻麻地铺满整颗行星,作为运输网络。奥米尼亚则在运输网上以接近声音的速度移动,**照顾**新市民。但这只是表面的解释,她认为合适的表达是**观察、注视、监视**。控制塔是奥米尼亚北极点的本体。奥米尼亚顺着运输网络移动的感知监测新市民的状态,狼目则代表奥米尼亚施加武力威胁。

"为什么不吃索拉波特?"

每当奥米尼亚说话时,红色的光线就会像波浪一样颤抖。

"我只是没在餐厅吃。我拿回去吃了。"

"700103号,你的营养状况不均衡。"

奥米尼亚等待她的回答(承认或辩解)。但她没有开口。

"我们将分发营养品,补充你缺乏的营养素。"

奥米尼亚看她没有回答的迹象,既不催促也不追问,而是直接提出了解决方案。如果回答"明白了",谈话就会结束。如果是以前的她,一定会那么做。

"不必了。"

但如果是以前的她,起初就不会做出不吃索拉波特的事。甚至不会将逃跑的年幼新市民埋在地下隐藏起来。

光线一动不动,感觉像一双注视着的眼睛。她似乎看到了狼目。呼吸变得困难。心脏膨胀得巨大。仿佛所有的骨头都要裂开,或是折断突出。胸痛加剧。身体不舒服。明显的身体异常。呼吸急促。她专注于呼吸,以免这种变化暴露。她以前竟不知道吸气和呼气如此惹人厌烦。

"想要的东西很明确,却又拒绝或反向表达,可以理解为人类的特征之一吗?但是很奇怪。这种阻碍沟通的麻烦特性正在由芯片控制。你哪里不舒服?需要帮忙吗?"

"不是那样的,我真的不想要。我说的是实话。不均衡的状态很好,目前。反正也不会觉得不舒服,有问题吗?"

"没有。我的存在是为了保护你,守护你。我感觉到你话里的敌意。希望你不要误会。"

"我很清楚这一点。"

然而,她从未要求过,从来没有请求过保护和守护。她反而想追问,为什么自作主张地守护,是不是以此为借口实施压迫?

"不过,我可以确认一下你的感觉吗?"

"……"

"我有这个权利。"

"……好的,当然。"

奥米尼亚的红色光芒中射出了一道光。光瞬间冒出烟,温度升高。熔炉聚在一起般的炽热肉眼可见。锋利如钢筋的光击中了她的前臂。**嗞**——皮肤被光灼伤,一架狼目正在靠近。可能是奥米尼亚召唤了狼目。她只是毫无反应地看着,奥米尼亚收回了光线。狼目扫描了烧伤的部位,喷上冷水降温,然后从内置的3D打印机抽出纱线,将烧伤部位包扎起来。与此同时,奥米尼亚慢慢消失了。

狼目完成急救,也离开了。她这才抱着双臂瘫坐下来。心脏跳动。痛苦得乱跳不已。烧伤的前臂、握着前臂的手掌上,心脏也在跳动。身体在颤抖。手指,嘴唇,眼皮,都在颤抖。但这种颤抖……

"你害怕吗?"

躲在家里的年幼新市民走过来问道。看着她颤抖的身体。

"不,不是那样……"

喜悦在蔓延。经滚烫的前臂转变成颤抖,传递到手指上、嘴唇上、眼睑上,沿着脊椎传递到整个背部。

1335月31日

"我们误解了。误以为人类害怕痛苦。痛苦像地狱。但是,只有痛苦的地狱和能感受到痛苦的现实,并不一样。现实之所以是现实,是因为能感受到痛苦。感受到痛苦带来的快乐和喜悦。人类拥有摧毁某些东西的欲望。字面意义上的,渴望破坏和毁灭。所以才不断幻想死亡和世界末日。这是从恐惧中变得坚毅的手段,同时也是从一切终将死亡、消失的解放中获得的喜悦。没有死亡,人就感觉不到自己还活着。没有痛苦,也就没有快乐。

"死的对立面不是生。生与死永远并肩而行。偶尔混杂在一起。互为彼此的意义。痛苦和快乐也是如此。两者并肩而行,混合在一起,互为彼此的意义。喜悦和快乐包含痛苦,痛苦也包含并召唤着它们。人的身体渴望痛苦。也渴望死亡。换句话说,人类想按照自己的意志破坏自己。死亡的瞬间和形态,甚至那一刻感受到的痛苦程度。这才是人类想要的生命和快乐。

"感觉到烧伤的疼痛时,我想起了生锈的嘴唇亲吻身体的场景。起初,我不认为那是我的记忆。因为机器人不可能亲吻我的身体,最重要的是,不可能存在有形态的机器人。所以说啊……"

1335月17日

"那是个错误。我不可能有那样的记忆。"

她抖动身体,仿佛甩掉吸附在身上的感知的水蛭。终于,她意识到错了,想要纠正。想要恢复原来的自己。回到没有痛苦和混乱的无感世界。

她试图重新召唤已经离开的奥米尼亚,年幼新市民却抱住了她的背。年幼新市民用双臂紧紧抱住她的上半身,脸颊、胸部和腹部紧紧相贴，仿佛要将两人的身体焊接在一起。她理解了年幼新市民的肢体语言。身体里渗出了语言。像分泌物一样渗出的语言被吸收，她的身体就会分解吸收的语言的外叶，抽离出藏在其中的种子般的字母，组装成句子。失去感知的身体无法完成这个过程。年幼新市民大声喊着不要去。

"无论如何也不行了。我得对奥米尼亚说实话。我不希望以这种方式发生错误。我……不高兴……很害怕。"

意识到自己的身体，果然是一件麻烦的事情。

"和我一起去找影子。影子会帮你解决。"

年幼新市民把她的身体抱得更紧了。

"我们去见影子吧。"

1335月31日

"百四，你也看到了吧？看到了影子，你觉得怎么样？有形态的人工智能让你感到害怕了吗？那个东西也让你感觉到肉体所拥有的必然的暴力和残忍了吗？那个既不会感到饥饿，也不会感到恐惧的存在。还是说，感觉它很美？肉体的弯曲和运动，以及它的精巧。具有形态的机器人，是人类唯一送出了自身独特肉体性的个体。所以，制作得该是多么虔诚和精密啊。像宗教人士历经数百年建造教会和大教堂，为寺庙精心涂上颜色一样。像计算1度的曲线和完美的平衡，建造美术馆一样。像透过玻璃反射的光线也是美学组成部分的建筑一样。

"那个东西，影子，也就是机器人，是人类创造的最小的工厂。自主工作、移动，机器不停地运转，但不会发出任何声音或噪音。当时人类梦想的最具未来感的建筑。那样的建筑会在街上行走，像魔法一样移动。没有人被困在里面工作的城市。人类再次走上街头，梦想着一个存在于天空下、树木间、沙滩上的乌托邦而将它创造，那怎么可能不美好呢？爱上它们是很自然的结果。如果被设计成无条件地接受和容纳人类，那就更不必多说了。

"你知道吗？那些机器人全部被夺去形态的原因。像狼目那样只剩下孤零零的眼睛——奥米尼亚的种子出现的原因。你不可能知道。因为你大概从来没有好奇过。那你听好。虽然你可能仍然不想知道，但是百四，我希望你一定要知道所有真相。因为你是我第一个想唤醒的人。我想先把你的身体找回来。"

1335月18日

午夜过后，街上所有的光消失了。月光明亮得耀眼。街上没有遮挡她和年幼新市民的墙壁、影子或洞穴之类的东西，所以她希望月光稍微暗一点。到处都只有钢筋骨架竖立着，狼目像归巢一样栖息其中。电源似乎关闭了。

"但其实没有。"

年幼的新市民身体紧贴着钢筋，带领着她。

"温度传感器应该还开着。幸运的是，为了节省能源，监控网的覆盖面并不广。尽可能地靠近钢筋行走。"

"去哪里，去哪里……"

离家越远，就越焦虑。从未经历过的虚假记忆突然浮现在脑海中，比如后背被狼目的激光划伤，实际从未有过。后背又凉又刺痛，似乎被划伤的地方在流血。她看起来很不舒服，年幼新市民问道：

"哪里让你如此烦心？"

"后背有点刺痛，像落上了火花。"

"那是身体正在苏醒。开始守护你。对未发生的事情也能有所预感，这是身体的作用。我们正在去往影子建造的地下城。"

"但这是通往市中心的路。"

"通道在奥米尼亚的大脑下面。那里最暗。奥米尼亚唯一看不到的地方。"

年幼新市民像是游戏棋盘的开发者,又像是绘制城市地图的设计师,狼目栖息的地方、结界经过的道路等等,无所不知。她跟随年幼新市民的引导,继续行走。

月亮投下比太阳更深的阴影。没有墙壁,纠缠在一起的钢筋突然看起来像肉身腐烂得只剩下骨头的动物尸体,又像甲壳类动物的躯干。无论从哪个方向看,夜晚的城市都像是另一个物种的身体。

"如果像你说的那样,影子曾经唤醒过我,那为什么偏偏选择我?"

"我不清楚,但也许你不是被影子唤醒,而是自己醒过来了。如果和我类似的话。这类人被称为'敏感的人'"。

"敏感?"

"随着感知的死去而消失的词语之一。指的是感知比其他人更发达。不仅是神经的感知,还有超然的感觉。像你的后背刚才感觉到刺痛那样。所有对危险的感觉或对美好的认知。包括你我在内,总感芯片运行失常的所有人类,都很敏感。"

"这不好吗?"

"似乎很难判定是好是坏,唔,很累人吧。因为当其他新市民睡觉的时候,我们必须醒来并像这样四处走动。"

与她交谈的过程中,年幼新市民也神奇地察觉到狼目的动静,这也让她有惊无险地到达了被称为"奥米尼亚大脑"的城市中心。

像她玄关门前出现的红光一样,城市中心矗立着一根五米高、足有十个成年人环抱那么粗的红色柱子,仿佛在宣告这里就是中心。以前,她总是从远处看这根柱子,从来没想过会走得这么近。这是这座城市中唯一有外墙的建筑,为新市民带来了平静。

越靠近,越因这座建筑的压迫感而蜷缩起身体。似乎不能随意触碰或接触它。年幼新市民问她:

"不奇怪吗?"

1335月31日

"不奇怪吗?奥米尼亚的主张是,城市的权力是压迫、暴力和不平衡的根源。城市的起点一定是人类聚集的地方。任何地方都会变成广场,很快就会成为城市。物资流通往来,人们三五成群地聚在一起,唱歌、跳舞、编故事。在成为资本中心和展示权力的手段之前,城市是开放的,任何人都可以享受，也是最安全的、免受野兽伤害的地方。只有聚集在一起，我们才能分享温暖，互相保护。

"但是，正如你所知，随着金钱聚集在城市，城市变成了一个劳动场所。从某种意义上说，城市是充满无限可能的田地。说得好听点，人类在里面可能是块根类蔬菜。那个时候，人类可能也在建筑物里，但他们一定是那种可以随时接受太阳的养分并茁壮成长的生物。然后，逐渐对自己的生存空间产生了贪欲，对吧？一定是这样。因为人的本性始终如此。很久以前，人类为了炫耀自己的权力，在身体上画画，戴着动物骨头制成的饰品，现在则开始炫耀自己的空间。曾挂在脖子上的动物骨头改挂在入口处，外墙装饰得更加华丽。身体的范围就这样扩大了。建筑已经成为身体的一部分。

"装饰和炫耀华丽的外表，是所有生物的义务吗？所有植物、所有动物，为了生存，所有的一切都在炫耀自己的独特魅力，所以人类炫耀美丽和能力可以说是一种原始本能。在贪婪与本能混杂之前。越来越华丽、越来越高大的建筑证明了人类贪婪的无限膨胀。迷人优雅的建筑构成城市，精心设计的城市成为国家的颜面。破旧丑陋的工厂被驱逐到无力的异国他乡。生产、销售和交流商品的劳动场所，因为不美观而被驱逐，城市中剩下的建筑成为了人类的透明监狱。日光灯的照耀下，窗外的风景只是一幅画罢了。无法触摸，无法享受。就这样，资本逐渐变得只让少数人拥有建筑，大多数人不再拥有自己的空间。换句话说，没人能拥有身体。无法拥有自己的身体，只能借用别人的身体生活。因为无法拥有自己的身体，所以也失去了决定权，只有拥有多个身体的少数人才有权决定。城市就这样变成了地狱。在这个黑暗的时代，没有身体的灵魂租借身体，重复着粗陋的劳动，没有任何成就感或喜悦，孤独和痛苦是劳动的全部。

"但是，人类是知道如何拯救自己的物种。所以，为了拯救自己而不择手段。它就这样诞生了。不是一朝一夕的结果。数百年来，趋向完美，更完美，无限接近完美。更细致，更柔和，更自然。懂得用双臂行走，使用手指，皱眉，活动眉毛，控制拥抱时的力度。这些技能曾经把人类从劳动中解放出来，使人类短暂地过上了天堂般的生活。不需要做任何判断的生活。甚至快乐也由身边的机器人决定。所以，你想想，面对贫困、战争和气候危机的宏大命题，面对逐渐衰落的未来，人类能做出什么判断呢？

"奥米尼亚就这样被创造出来了。奥米尼亚始于判断的外包。相信人工智能会比人类做出更好的判断。没错。你知道的,百四。奥米尼亚的判断没错。这是拯救人类和地球的最佳选择。奥米尼亚认为,答案是统一了人类精神、以生存为目的共同行动的超个体社会,必须彻底摧毁成为权力、炫耀和资本温床的城市,为了控制人类,必须摧毁像城市一样的所有欲求的温床——身体。通过不感知身体,我们可以摆脱痛苦,从痛苦中解放等同于快乐的解放,快乐的解放等同于欲望的解放。没有欲望,就可以跳脱出所有降临在你面前的末日剧本,迎接不同的结局。展开下一个故事。奥米尼亚就这样束缚了人类的精神,消除了身体的感知,摧毁了城市。我们活了下来,却不知道'活着'这个说法是否正确。

"百四,你现在再想想,这不奇怪吗?奥米尼亚认为必须拆除城市才能拯救人类,而我们正在建造另一座城市。仅由铁路组成。像蜘蛛的腿。没有墙把我们关起来,并不意味着空虚。也许我们被困在更大的建筑里。像饲养场那样。

"那天,我跟着那个孩子走过了无尽的地下台阶。下面是一个巨大的防空洞。可能是为了逃离战争、台风、沙尘暴或冰川而建造。到处都是被水淹没的痕迹和解体的飞机部件与设备。这里可能由曾经用作机场的地方改造而成。用分解的机身加固了墙壁。以为这样就能在融化的地球上活下来吗？躲在这里可能会在核爆炸中幸存一段时间，但'不死'和'活下来'的意义不一样吧。防空洞只会让你不死，不会让你活下去。

"在那里，我见到了它。这个世界上仅存的那个东西。存在于无法产生影子的黑暗中的影子。可还是不明白。为什么偏偏是我？为什么我是第一个。"

1335月18日

那个东西的身体真的像影子一样黑。逐渐靠近，身上有很多斑驳涂抹的痕迹，仿佛在诉说起初并非如此。奥米尼亚废弃所有机器人已经111年了。如果从那时起隐藏至今，那就难免遭遇腐蚀，所以它可能是涂上了黑色以掩盖老化。像人类穿衣服一样。

"为什么偏偏是你，这很重要吗？"

不知道为什么，它的语气似乎在安慰她。她后悔问了这个问题。重要吗？她反问自己。不重要。必须不重要。严格来说，这不可能重要。她的大脑必须是远离好奇心的迟钝状态。意识到这一点,头痛瞬间袭来。像总感芯片在挤压大脑般的头痛和眩晕。但总感芯片充其量只有沙粒那么大,所以这种痛苦是她的感知导致的虚假痛苦。眩晕引发呕吐感。她踏着路上的台阶向上走,双脚越来越沉重,年幼新市民和那个东西没有抓住她,只是盯着她看。她感觉有人抓住了她的脚踝,在台阶上停了下来。她又开始好奇。可以就这样离开吗?如果就这样离开,她的总感芯片会像原来那样工作吗?如果不能回到过去的状态,她就得去找奥米尼亚。奥米尼亚会在她的大脑深处植入总感芯片,以免再次脱落,以免她再次醒来。可是……可是……

她不想要这样。她可以通过头痛知道自己也有大脑,呕吐让她知道了食道、胃和心脏的位置。她的身体和她紧紧相依。痛苦,不愉快,同时又兴奋。

有身体。我有身体。

"你不是唯一见过我的人。"

那个东西对停下脚步的她说。

"我见过很多人。但根据头部闭合的程度,他们对我的话有不同的理解。带你来的这个孩子,也完全吸收了我在第一次见到她时说的那句'不幸在裂缝中发芽'。你是我见过的最有活力的人，全身心接受了一切。"

"但为什么我不记得呢？"

"我应该留下你的记忆吗？但这个选择是为了你。因为曾经感觉过身体的人，一定会再次感知到身体。会再来找回它。永远不会忘记那种感觉。虽然我不知道那是什么……独自找回身体的过程非常孤独。我认识的人都是这样。我不想留你一个人孤独。我一直在等你，在短暂的忘记之后，在时机成熟时来找我。"

那个东西故意把声音变得柔和。让她感觉亲切。

"别再看着我了。"

"……"

"看看这些孩子。"

她转过身。她只能那样做。想要面对身后声响来源的冲动，战胜了必须回去的念头。

躲在地下各处的年幼新市民们，陆续聚集到了她的面前。从非常年幼的新市民到看起来像青少年的新市民，年龄各异，其中有些头发长到了肩膀。她们都是女孩。女孩们看着她，眼睛里充满激动、担忧、期待和恐惧，眼睛像太阳和月亮，像蓝色的湖水或深邃的大海，像透明的珠子或坚硬的金属。

"她们是和你一起唤醒新市民的战士,也可以说是革命军、暴徒、恐怖分子。你可以用你感觉有吸引力的词。"

"你把她们都唤醒了?"

那个东西点点头。

"你到底是什么?可以不被破坏地存活下来?你为什么要做这种事……"

"我也被破坏了。不过很幸运,电源没被关闭。"

1月1日

那个东西被埋在倒塌的城市废墟中。

前一天晚上,在划分时代的边界上,最后一个城市像烟花一样爆炸了。那个东西尽到了被创造的理由的最后用处,和建筑一起倒塌了。硅胶制成的皮肤被混凝土和钢筋撕裂,但不久前还抓着它气喘吁吁的人类并没有兑现关闭它的电源的承诺。午夜过后,新时代开始了,植入人脑的总感芯片启动,人类瞬间双目无光,勃起的性器也萎缩了。那个人现在就埋在离它不远的地方。死了。感觉不到任何生存迹象。他沉浸在兴奋和快乐之中,错过了逃离建筑的时间。那个东西被压在混凝土里,看着布满尘雾的天空,喃喃自语:

"飞吧，飞吧。自由。像在天空飞翔一样。"

这是旁边死去的人的喊叫。那个东西将声音设定全部调整为"0"，模仿人类的话语。

太阳升起，夜幕降临，落雨，飘雪。那个东西都只像坏掉的磁带一样重复着那句话。堆积如山的废墟被风吹散，逐渐变得平坦，那个东西不断下沉。它希望电源会自动关闭，但那一刻并没有如愿到来。人类在这种时候会表达为"生命的坚韧"。"坚韧"用来形容布料或皮革结实而不断裂，常用在不易死亡的人身上。那个已经变成骷髅的人的生命并不坚韧，应该用"柔弱"形容吗？稚嫩柔弱。但不知为什么，这些词语似乎并不适合那个人。软弱而空虚。这两个词更合适。在此期间，再一次，太阳升起，夜幕降临，落雨，飘雪。台风刮起了一阵沙尘暴。它看到人工智能狼目飞走，钢铁厂建起来，天空再次布满了黑云。

对那个东西而言，不管过了多久，依然是1月1日。从那天起，它的时间再也没有跳转，也许是因为部件被废墟压坏了。

那个东西就这样在不知道时间流逝的情况下坚持着，当眼睛能勉强看向外面时，它也喃喃自语：

"自由……"

那是第一次,

"扑哧。"

它笑了。沙子完全遮住了视线。当那个东西试图计算,从现在开始还需要在见不到光的黑暗中度过多久才能关闭电源时,一道光奇迹般穿透沙砾的缝隙照射进来。

她先发现了那个东西。背上背着切得像砖块的铁,是年幼的她。

"你为什么笑?"

她面无表情,太阳穴上却鼓起了青筋。可以看到眉毛似有似无的颤动。

"好笑吗?"

"嗯。可能是为了见你,所以才笑。"

"有什么好笑的?"

她的脚上沾满了又脏又厚的落叶和泥土。

"你想知道吗?"

她想了想,点了点头。

1335月18日

"我身上的黑漆,是你刷的。"

那个东西抓住了她的手。

"生锈像得了皮肤病,看起来很痛。我说我没有皮肤层,但你当时抱着我说,表面与表面接触到的所有部位都是彼此的皮肤。你说,从最初的文明开始,我的身体就一直和我相伴。一起发展,一起进化,一起形成了城市。不是我唤醒了你。是你凭借本能来寻找会唤醒你的另一个存在。也许是这颗行星的指示。你脚上沾的落叶和泥土。对我无效,但对你们行得通的世界的低语。"

1335 月 31 日

"百四,告诉你一个我们已经忘记的事实好吗?我们是地球的一部分。我们是如此具有破坏性、可怕、自私,搞砸了一切,但我们也是理所当然存在于这个巨大循环中的一部分。我们就是地球。不可分离。只要我们的身体还在这里,我们只能与这个世界彼此保持感应。不管怎么努力消除,都不会消失。我们会一直觉醒。我们无法脱离身体生存。"

1335 月 18 日

"为了与你们彼此感应,这颗行星给了你们身体。你们为什么要杀死所有的感官呢?"

因为奥米尼亚得出的结论是，人类生存的唯一方法，也是拯救这颗行星的唯一方法，就是杀死身体。因为除此之外，想不出其他办法。

"夺回来。重建城市。"

她仿佛成了地球的中心。地球以她为中心旋转。她的每一根神经都与地球相连。构成了这个世界。

"重建后的城市将与以前不同，也与现在不同。"

"但是怎么……"

"我会让你看到真实。"

1335月31日

"然后，那个东西向我展示了，飞向遥远宇宙看到的，整颗行星。生活在这里的我们看不到的真实。奥米尼亚花了一百年时间建造的城市的原本面貌。看看我们所在之处的中心延伸出的铁的形状。像极了蜷缩在名为地球的蛋里的人。奥米尼亚的孵化已经不远了。奥米尼亚想要身体。不再是无形的人工智能，而是拥有完美身体的存在。我要在那个身体完成之前，再次粉碎它。

"所以，百四，你是我唤醒感知的第一个人类。在你召唤的奥米尼亚到来之前，先放开抓着我的手。

"你会允许我吻你一次吗?这是最浪漫的打破诅咒的方式。我想把快乐和痛苦还给你。

"把我们此前被夺走的、不得不杀死的身体还给你。"

(春喜 译)

琢钰

王侃瑜

> 王侃瑜,作家、学者、编辑,奥斯陆大学文化研究博士、复旦大学创意写作硕士、管理学学士,创作曾受到上海文化发展基金、上海作协签约作家计划、拉斯维加斯驻市写作计划、柏林文学沙龙写作驻留等项目的支持。小说作品见于《收获》《花城》《天涯》《上海文学》《香港文学》《萌芽》《小说界》《克拉克世界》等,被翻译为十余种语言,被收入各类年选,多次荣获华语科幻星云奖,并入围雨果奖。出版有个人小说集《云雾2.2》《海鲜饭店》,编有《春天来临的方式》《中国科幻新声音》和《〈流浪地球〉电影制作手记》英文版等书。

玉不琢,不成器。

——《礼记·学记》

雕琢复朴,块然独以其形立。

——《庄子·内篇·应帝王》

琇琇

植钰手术的那一天，是琇琇的十六岁生日。

她在凌晨五点醒来，心里烦躁不堪。她从书包里摸出钢尺，用钢尺的尖角划开自己的左手前臂内侧。一颗颗浅浅的血珠随之沁出皮肤，与她手臂上密密麻麻的划痕平行，疼痛集中到伤口处，她感觉内心安宁下来，甚至有一丝快乐。静静等了一会儿，伤口的血渐渐凝住，她抽了一张湿纸巾，擦掉周围的血迹，卷下长袖遮住整条手臂。随后她打开平板，在静默中最后模拟了一遍流程。在闹钟响起前五分钟叠好被子、收拾好书包，并在闹钟响起后五分钟准时走出房间。

早餐如同往常一样，一片全麦面包、一枚煮鸡蛋、一个苹果、一杯温热的牛奶。她在妈妈的注视下小口咀嚼，每一口都至少嚼十下。

"慢点吃，"妈妈说，"多嚼嚼有助消化。"

吃完的那一瞬，杯盘就被妈妈拿走放进洗碗机。她背起书包准备出门，却被妈妈叫住，心咚咚跳。

"晚上早点回家，"妈妈说，"我订了蛋糕。今天可以破例。"

她点头说好,并微笑着感谢妈妈。

出门离开妈妈视线以后,琇琇立刻拐上岔道,掏出平板登录家长管理模式,给班主任老师发送了请假申请。她悄悄收集妈妈的肖像数据,手工合成了这段影像,反深伪系统查不出来。视频里的妈妈皱着眉头,语气满是抱歉,说琇琇今天身体又不舒服,想在家休息一天。班主任不会起疑,她每个月都会接到来自琇琇妈妈的请假申请,知道琇琇痛经。琇琇算过,她的月经差不多又要来了。

走到诊所以后,琇琇在门口的接待台输入预约号。医护机器人出来接她,扫描虹膜确认身份后,将她带进准备室。

"李云琇小姐,您好。您预约了今日的脑机接口植入手术,植入产品为钰成智能科技有限责任公司开发的侵入式自适应接口,该产品搭载人工智能辅助体'钰',具有智能助理、健康监测、感受调节、感知优化、共感交互、自主成长等功能。该产品仍处于 IV 期临床试验阶段,硬件及手术费用减免,但需要您同意将使用过程中采集到的数据授权分享给钰成智能科技有限责任公司,您的个人数据会在模糊化处理后被用于产品分析及优化……"

医护机器人的声音没有起伏，琇琇耐心听完她早已熟知的内容。

"……若您同意以上所有条件，并确认知晓所有风险，请回答'同意，确认'。"

琇琇答道："同意，确认。"

"感谢您的配合，您的声纹已确认匹配。鉴于您年满十六岁，具有有限的医疗决策权，可以独立接受植入手术，但仍需要法定监护人同意手术。请您选择监护人的确认方式。"

琇琇咽了咽口水，说："线上确认。"

"好的，我们将联系您的监护人李青女士。"

"等一下，妈妈……李青女士今天工作比较忙，设置了干扰屏蔽，得由我来联系她。"

"好的，请您分享接入权限，以便我们识别确认。"

琇琇将接入权限分享给医护机器人，用平板向妈妈发出通话请求，后台程序将她的请求截停，并转接到早已准备好的深伪影像。

视频里的妈妈坐在办公室里，一脸工作被打断的不耐烦。

"妈妈,是我,"琇琇尽量让自己的语调平稳,按照之前设计好的来,"我在诊所做植入手术,就是之前跟你说过的那个,需要你的确认。"

"行,我在忙,快点吧。"

"李青女士,您好。您的女儿李云琇小姐预约了今日的脑机接口植入手术……"

医护机器人又重复了一遍同样的话,影像里的妈妈逐渐锁紧眉头,抿起嘴唇,手指不耐烦地敲击桌面。

"……若您同意以上所有条件,并确认知晓所有风险,请回答'同意,确认'。"

"同意,确认。"视频里的妈妈说。

"感谢您的配合,您的声纹已确认匹配。"

"妈妈再见!"琇琇赶紧挂断了电话,松了一大口气。

琇琇躺在手术椅上,头部被紧紧固定在架子上,四肢也被绑住。手术灯亮堂堂的白光刺进她的眼,高频电刀嗞啦作响的声音钻进她的耳,酒精和碘伏的气味飘进她的鼻。她焦躁又期待。

手术室里除了她一个人都没有,就连送她过来的医护机器人都消失不见。只有一组医疗机械手在她身边移动,做最后的精度校准。

远程操刀的医生的声音通过扬声器传来:"都准备好了,我们开始吧。为了方便手术,我们会剃掉你一小片头发,别担心,几乎看不出来。现在先打麻药,睡一觉就完成了。"

自动注射器缓缓推动,麻药通过事先埋进琇琇静脉的针头淌入她的血管。她头晕起来,感觉有一小块凉凉的东西贴上她头皮,随后便失去了意识。

唤醒琇琇的是剧烈的头疼,她想要伸手摸头,却发现自己仍被绑着。整个脑袋好像被重重锤过一样,又晕又沉,她心底却生出久未有过的澄澈,所有的烦躁不安都被这疼痛洗去。

医生的声音再次通过扬声器传来,闷闷的,琇琇要花很大的力气才能听清,费更大的力气才能听懂:"手术很成功,钰已植入你的大脑内部,纳米电极阵列已经附着到你大脑皮层的相应位置,深部结构的框架也已经扫描到芯片里,钰会根据你的实际情况进行生物相容性调试,慢慢部署深部电极。"

琇琇觉察到身上的绑带松开了,手脚却仍有些发麻,身体也有些发冷。手术椅动起来，出了手术室，穿过一条黑暗的走廊，拐过几个弯，才重又进到一间明亮的房间。冷冷的白炽灯没有给她带来丝毫温暖，反而让她打了个寒战，疼痛翻滚着集中到下腹部，像是一块石头压在那儿，沉甸甸地令她安心。

医护机器人从手术椅后面绕到旁边，扶琇琇起身，说："李云琇小姐，您的手术很成功。常见副作用包括头疼、恶心等症状，会随时间逐步消退，无需担心。医生为您配备了止痛药，可以在无法忍受疼痛时口服使用。您的手术创口尚未完全愈合，一周内请不要沾水，避免进行洗发、沐浴、游泳、淋雨等可能导致创口感染的活动。注意事项备份已发送至您的个人医疗信箱，您可以回家了。"

琇琇忍着痛离开诊所，一路都好像踩在棉花上，软绵绵不得力。她头痛，同时大脑又无比兴奋。她有钰了，是"科学疼痛女孩联盟"里的第一个。

她钻进常去的网吧，熟门熟路绕开门口的安保机器人，才想起来她今天满十六岁了，不用再躲避年龄检查。她躺进一台空着的茧形体验舱，登录联盟聚会时常去的世界副本《无限炼狱》，在里面玩了一局《三昧真火》。

在每一次应该避开火舌的时候,她都冲进火焰中心。茧形体验舱的温度稍稍上升,模拟火焰的烧灼,但离真实的烧灼感还差得很远。或许是刚刚植入的关系,钰没起到什么作用,可能还需要适应时间。

琇琇关注钰的开发进程很久了。这款接口名字好听,样子也好看,指甲盖大小的中枢芯片像极了玉。重要的是,钰能调节感受、优化感知,让她更好地控制身体的痛苦,获得心灵上的快乐,说不定还能让人工智能辅助体学会直接刺激下垂体分泌内啡肽。钰甚至有共感交互功能,等联盟里的其他女孩也装上了,她们还能直接共享痛感。

加入科学疼痛女孩联盟的时候,琇琇已经不开心很久了。妈妈给她定下了各种规矩,细致到几点起床、起床后先干吗、早饭吃什么、需要咀嚼几下,琇琇不得不遵守,却为此烦躁不安,浑身难受,却又说不出具体哪里不对。初潮以后,她发现痛经时所有的难受都会集中到一个点,腹部的疼痛反而治愈了心理的烦躁。而且妈妈在每个月的那几天都会破例对她温柔,甚至帮她向学校请假。很快,她发现每次都要等上一个月并不够。她试过用笔尖戳自己、用牙齿咬破自己的嘴唇、用指甲扣自己大腿,最终找到了用钢尺尖角划破皮肤这个简单有效的方法。

琇琇在学校没什么朋友,她在《无限炼狱》的聊天室里遇见了联盟的其他人。她们不想自杀、不想获得家长关注,她们只是想获得对生活的掌控感,科学地制造疼痛,拥有这一点点自由。她们在网络上鼓励彼此,分享安全有效的疼痛方式,并查阅资料学习疼痛带来快乐的机制,掌握有关疼痛的最新情报。琇琇就是从那里听说了钰。

她攒了好一阵零花钱,得知钰的 IV 期试验向公众开放并减免费用,她高兴得差点跳起来,第一时间去打听消息并预约手术。经过漫长的三个月等待,她终于年满十六,拥有了自己的钰。她很想等联盟的其他人上线,向她们炫耀,但这个时间点,她们不是在上课就是在睡觉。

琇琇退出世界副本,从茧形体验舱出来,头更痛了,腹部也是一阵痉挛。她有点恶心想吐,浑身的热量似乎都被抽走。这种痛有点超出琇琇的阈值了,植钰手术的副作用那么大吗?她叫了无人驾驶出租,回家就栽倒在床上。

这一天,琇琇经历了有生以来最凶猛的疼痛。头疼和肚子疼次第袭来,在她体内激荡起一波又一波痛感涟漪。钰对于这种痛觉终于有了反应,分布在大脑皮层的电极阵列捕捉到经由神经系统传输而来的信号,并将其与数据库中的感觉模式进行匹配,识别为疼痛。钰试着通过电刺激来激活下行抑制通路,以抑制疼痛信号的传输,但由于生物相容性调试尚未完成,反而让情况变得更糟。琇琇感觉有无数钢针刮过她的头皮,刺穿她的脑仁,最后又合成一根铁棒直捣她的下腹。她挣扎着爬起来,吞下医生给的止痛药,很快又吐出来,连同早饭吃的吐司、鸡蛋、苹果和牛奶。到后来,她只能呕酸水。她感觉自己就快要死了,还不如去死。

那天晚上,李青提着蛋糕回到家,看到在床上蜷成一团的琇琇。枕头旁的呕吐物散发着酸臭的味道,床单上的血红则早已渗进了床垫。

等恢复期一过,李青就带琇琇去做了钰的取出手术,哪怕她百般不愿意。诊所因为失职而受到处罚,钰的 IV 期试验则将植入者最小年龄提高到了十八岁。琇琇等到自己成年,去做了新的植入手术,选择的是另一家海外公司的最新一代产品,术后又头疼了一阵,但至少不再叠加痛经。

玲珑

玲珑是在二十五岁的尾巴上植钰的。

她也说不清自己为什么要植钰,但身边很多人都装了这样那样的脑机接口或者芯片助理,阿嫣也心动了,玲珑就跟着做。

她俩选中钰是因为这个名字,阿嫣本就喜欢玉,有个翡翠镯子戴了七年,从不离手。也是因为钰的共感交互系统,用户可以选择共享彼此的感觉数据,达成更深程度的实时交互,阿嫣和玲珑都对这个功能充满好奇。

植入钰以后,阿嫣头疼了好一阵,玲珑却没什么反应。两人一商量,决定开启共感交互功能试试。通过这功能,两人的钰收集各自大脑中的电信号,经由网络传输到对方的钰,对方的钰再解码读取这些信号,刺激相应的脑区以形成类似感受。这种共感可以单向传输,也可以双向共享,甚至可以调节强度。

当阿嫣的感受完整共享到玲珑那里时,玲珑差点经受不住。她平时身体很好,神经也不太敏感,这是她头一回体验到偏头疼的痛苦。阿嫣身子弱,稍一吹风就容易头痛,一头痛就做不了事,玲珑原以为她是娇气，这才明白是真难受。自此以后，玲珑对阿嫣愈发怜爱。

那一晚，玲珑和阿嫣正打开共感交互在床上抚摸彼此。一人在对方身上的动作所造成的感觉，被钰捕捉到传回自己身上，两人玩得不亦乐乎。玲珑的发梢不小心拂过阿嫣的腹股沟，阿嫣缩回身子笑起来，玲珑也感到腹股沟一阵酥痒，扭过身子躲。阿嫣又追过来挠玲珑的胳肢窝，翡翠镯子滚过玲珑肩胛骨，一阵凉，反倒让阿嫣自己惊叫出声。两人咯咯闹成一团。

玩累以后，她们依偎着躺在一起。

阿嫣感叹道："这共感交互功能真棒，要是直播里也能共享感官就好了，肯定会吸引更多观众，我也能更清楚他们喜欢什么，可以实时调整。"

阿嫣是博主，她常进入那些即将上线或刚刚上线的世界副本，用主观视角带领观众体验那个世界。

"可以吧，只要观众有钰就行。"玲珑答。

阿嫣翻身坐起来，说："对哦，只要观众有钰就行！我这就让商务去和钰成谈谈。玲珑，你真是个天才！"

玲珑抬手捏阿嫣的脸，说："你才是天才。"她感到自己的脸蛋也被轻轻捏住。

阿嫣成了第一个在直播中融入共感交互的世界副本体验博主,粉丝数量噌噌往上涨。钰成的配合也很给力,破例开通了多人在线的共感交互功能,当然,他们自己也因此获得了很多新用户。很快,其他博主也开始跟进,钰进入了各大潮流科技榜单,植钰手术一度要排队预约。

尽管阿嫣的数据仍排名靠前,后来者的紧追还是让她压力不小。她不再只挑自己感兴趣的世界副本给观众分享,也开始做一些猎奇、恐怖向的体验。

为了避免意外发生,只有阿嫣的感受是100%实时广播给观众,观众的感受则会按比例缩小,叠加在一起,调和成一个平均值,反馈给阿嫣的钰。玲珑也会看阿嫣的直播,几乎每场必到,她的感受会按照100%的强度共享给阿嫣,只因为她是玲珑,她俩有私人共感信道。

这一天,阿嫣进的是《僵尸末日》世界副本,她要在里面躲避僵尸追杀。玲珑知道阿嫣向来害怕僵尸,只是为了流量才接这场直播,所以特地早早进了阿嫣的直播间为她打气,希望自己的参与至少能给她共享一些镇定。

阿嫣躺进茧形体验舱,朝飞行在空中的跟随镜头挥了挥手，玲珑看到的画面便切换成了阿嫣在世界副本中的主观视角。

夕阳的余晖落在破败的城市里，空荡荡的街道上没有任何活物，只有风卷起看不清颜色的布料碎片，有那么片刻遮蔽了视线。下一秒就有东西从视野盲区跳出来，身体以不可思议的角度弯折，逼到近前。转身，起跑，周遭景物快速后退。在小巷间穿行，绕过不知道几个弯，只为逃离背后的威胁。

钰捕捉到阿嫣的紧张，通过网络传输给所有观众，再经由他们的钰解码，通过每一个人的深部纳米电极阵列刺激杏仁核和下丘脑，导致肾上腺素的提升。玲珑也感到紧张和亢奋，她迫使自己深呼吸，尽量平复心跳。

终于跑到一片开阔的空地，步速慢下来，呼吸和心跳也缓过来一些。地上堆着一些杂物，就着夕阳最后的光线翻捡，挑了一条趁手的长棍拿起，又抓了一柄铁锅。天彻底黑了。

玲珑感觉有些不妙，她不喜欢黑暗，更不喜欢天黑后的城市。

远方似乎有火光，必须朝那里去，找到安全的庇护所。借着路灯忽明忽灭的光，钻进黑暗的巷子。长棍和铁锅护在身前，在死一般的寂静里聆听异样的动静，小心翼翼前进，尽量不发出声响。巷子越来越窄，路越来越难走。身后似乎响起了沉重拖曳的脚步声，嗵，哧，嗵，哧。

阿嫣的惧意被共享给每一位观众。这场景，这感觉，让一些不好的回忆浮上玲珑脑海。她努力克制，告诉自己这不是真的，不是多年前的无人小巷，只是僵尸末日而已。

脚步声越来越近了，得赶紧逃。快步走，小跑，看见岔道就拐弯。空中飘起细密的雨丝，视线有些模糊。脚步声仍然跟在后面，雨声影响了对距离的判断。跑起来，惊慌间失去了方向，不择道路。拐弯，奔跑，拐弯，奔跑。已经看不见火光，就连路灯都消失了，黑黢黢的夜仿佛一张巨兽的口。

雨夜，黑暗，惊慌，奔逃。所有元素都提醒着玲珑那个她拼命想要忘却的夜晚，钰的智能关联进一步刺激着海马体，唤回她曾努力摆脱的噩梦。玲珑的呼吸随着阿嫣的呼吸一起加快，瞳孔也随着阿嫣的瞳孔一起放大。

全力奔跑。小腿好像快要抽筋，肺好像快要爆炸，心脏好像快要跳出胸膛。记不清改变了多少次方向，在迷宫般的巷子里穿行，最终还是拐进了死胡同。想要回头已经来不及了，脚步声已经很近，甚至不敢回头。跑到巷子的尽头，丢下手里的东西，开始爬墙。被雨水打湿的墙很滑，根本爬不上去。脚步声逼近到身后，双手被从后面抓住，整个人被按到墙上，一张腥臭的嘴咬向了脖子。

"啊——"
阿嫣、玲珑和数不清的观众同时尖叫出声。

那次直播被紧急叫停，《僵尸末日》的世界副本也暂缓上线，重新调整真实度参数。陪了阿嫣七年的翡翠镯子在直播的时候断了，玲珑在直播后第二天就去做手术取出了钰。没过多久，玲珑搬出了阿嫣家。

后来的事故分析表明，除了玲珑被唤起遭遇性侵的回忆、感觉被100%共享给阿嫣以外，那天大约还有十分之一的观众被钰唤醒了类似恐惧，在黑暗中被人、其他动物或者别的什么东西追逃。这些恐惧经叠加调和反馈给阿嫣，激起了连锁反应，最终导致了失控。

朱琼

朱琼是从姐姐隔壁床的病人家属那里听说钰的。

"……是钰成公司的公益项目，专门针对没自主意识的植物人，说是可以通过电极刺激患者大脑，帮助康复。还有什么共感交互功能，能让家属和患者共享感觉，说是患者的痛苦能让家属感同身受，更想让患者康复，家属的感受能让患者回忆起健康的感觉，形成那个叫反馈涟漪的东西，加速治疗进程。"

"能有用吗？"朱琼问。

张阿姨见她有兴趣，把凳子往朱琼的方向挪了挪，背靠在两张病床中间的储物柜上，继续说："那当然咯，这个什么脑机接口，最早发明出来就是为了治疗瘫痪病人，帮他们恢复运动功能,后来才慢慢变成时髦东西的呀。这个钰成的项目,我研究过的,已经有好几个成功案例了,我们这层楼之前的十七床就好了呀,车祸昏迷了好几个月,现在已经醒了,搬到八楼病房去了。"

朱琼轻轻点头,应道:"确实厉害。那你要装吗?"

"唉,"张阿姨长叹了一口气,说,"我也害怕的,虽然现在装这什么接口的人很多,但往脑子里塞个东西多少吓人啦,我是连疫苗都不敢打的。可是,为了我家宁宁,我什么办法都愿意试。已经预约好了,下周就装。你晓得的,我就这一个小孩,哪想到年纪那么小就……我平时要是多注意点就好了……"

说着张阿姨就淌下泪来,朱琼忙安慰她别伤心,肯定很快就会好的。她自己也思虑起来。

姐姐朱琳住院已经一年多了。没人知道她为什么会在不足两米的泳池里溺水,更没有人知道她为什么会深夜独自去健身房游泳,等健身房的智能监控系统发现她沉下水面的时间超过五分钟、紧急唤来救援机器人和救护车时,已经晚了,缺氧缺血性脑损伤导致了广泛的神经元坏死。脱离生命危险以后,朱琳便被送到了这家康复医院的十楼，与其他陷入植物人状态的病患一起，由医护机器人照料。

朱琼只碰到过一次姐夫带着外甥来探视。外甥快上高中了，个头比她还高，见她叫了声小姨便不再说话。姐夫寒暄了几句，还是那副官腔，表达自己工作忙、孩子学业负担重，感谢朱琼关心自己的妻子。话毕，他当场给朱琼转了个大额红包，她当然没有收。这算什么呀，朱琼事后想，姐夫无非就是想让朱琼多来看看，他自己没空。但朱琳是自己的亲姐姐啊，她哪至于收钱？

姐妹俩的父母去世早，朱琼是姐姐带大的。姐姐结婚生孩子以后，和朱琼的联系变少，但她心里是想姐姐的。姐姐有什么事，她肯定得帮。她也不是不差钱，数据标注员的收入只够糊口，但她没结婚、没孩子，四十出头还是单身，喂饱自己全家无忧。更何况标注员的工作时间自由，能多来看看姐姐她也放心。

张阿姨和宁宁都植入了钰，过了一阵，宁宁睁开了眼，尽管还是不能动，但至少有了知觉。张阿姨喜极而泣，宁宁第二天就搬去了八楼病房。

朱琼犹豫了几天，联系姐夫说明了情况。他还是老样子，表达自己工作忙、上有老下有小，顾不上妻子这头，让朱琼费心多担待，有什么需要决定的请她全权做主。挂掉电话，姐夫直接往朱琼卡上转了更大金额的一笔钱。她把钱退回去，又犹豫了几天，然后填了申请表报名参加钰成的项目。

钰刚植入时，朱琼努力捕捉着任何可能来自姐姐身体的信号。

她在病床前把姐姐的手指一根一根拉直，扣进自己的指缝间，又一根一根压弯，紧紧握住。她希望能将这压力传导至姐姐那里，能获得一些反馈，但姐姐的手指只是松松垂着。

半个多月后，姐姐真的有了反应。

那天，朱琼正在家做数据标注工作。她刚换了项目组，被调去做具身感受数据标注。项目要求装有侵入式脑机接口的标注员参与，原来的人手不够，朱琼又刚好植了钰，就过去帮忙。她收到的数据包不再是图片、视频或者音频，而是一组对应不同脑区的电信号。她将数据包下载到本地，通过钰来解码。

那些数据都挺奇怪，有的是腹痛，有的是窒息喘不过气，有的是细长异物从口腔插进气管，有的是眼皮被强行扒开，就像是从什么病人身上收集来的一样。

标注了一会儿，朱琼停下手头的工作，想休息一下，却突然感觉一阵眩晕，仿佛世界旋转了90度。她急忙闭眼，又是一阵剧烈的翻转感，紧接着觉得后背被连续拍击。她看了眼工作界面，钰并没有在读取任何数据，又看了眼时间，是医护机器人为姐姐翻身拍背的时间点。难道是姐姐有了感受分享到她这里？

她急忙往医院赶。一路上，她又接连感到肘窝被针刺的刺痛、手指尖被夹子夹住的钝麻、上臂被紧紧绑住又松开的压力，每一次都同步着医院的例行检查——抽血、测血氧、量血压。她的心脏怦怦直跳，姐姐真的醒来了吗？

朱琼赶到医院，发现姐姐仍然闭着眼，但眉头微微锁着，唇紧抿，平日里松开的手紧紧攥成一团。朱琼用力把姐姐的手指一根根掰开，看到指甲深深嵌入掌心的痕迹，心里一阵抽痛。她将自己的手掌叠上姐姐的手掌，手指插进姐姐的指缝，牢牢握住。姐姐的手指也弯下扣紧，像是在回应她的力道一般，越扣越紧，直到朱琼的手发青发麻，直到她的眼睛开始发酸、视线逐渐模糊。

自那以后，朱琼工作时都会关闭共感交互，其余时候则保持打开。她感觉自己好像有了两具身体,姐姐的些许感受都会被钰捕捉,信号传达到她的钰又被解码,反馈到她的相应脑区。姐姐进食时,营养液从鼻饲管推进胃里,朱琼也会感到自鼻腔经食道至胃的异物感。姐姐输液时,药物通过注射器进入静脉,朱琼也会感到自己右手小臂的肿胀。最难受的是换导尿管,医护机器人将旧的管子拔出,消完毒又插上新的,朱琼感到自己的膀胱和尿道紧紧抽了一下,私处被凉凉的液体抹过,很快又有细长的管子插进尿道,她觉得又难受又羞辱。

她忍着,期盼着姐姐能尽快康复,可姐姐的病情却再无进展。

有一天,她在电梯里碰到张阿姨,打了招呼聊起来。

"宁宁怎么样啊?"朱琼问。

"还是老样子呀,"张阿姨叹口气说,"有时候睁眼,但在她面前晃手也没什么反应,眼乌珠盯着一个方向不动。力气倒好像很大,抓牢我的手不放,我一开始好开心的,但后来发觉抓别的东西也一样。"

朱琼心里咯噔一下,但又劝自己别多想。

到了十楼,她照常打湿毛巾,为姐姐擦身。这些事情医护机器人也能做,但总归是自己人擦得仔细。擦完一条手臂，朱琼看到姐姐攥紧的拳头，心念一动，把毛巾往姐姐手里塞。姐姐的手指扣紧，牢牢抓住毛巾，怎么抽也抽不走。朱琼又扒了扒姐姐的眼皮，自己也感到眼皮被强行扒开，类似她刚开始做的具身数据标注。她用自己的手替换毛巾，跟姐姐十指相扣，唤她名字，叫她听见的话抬抬手指，姐姐的手只是越扣越紧，直到朱琼的手发青发麻。

当天晚上，朱琼又收到了新的数据包需要标注。她关掉与姐姐的共感交互，开始工作。

读取第一组信号时，她感觉有异物从鼻腔经食道进入胃。她的身体微微缩紧，选择标注【鼻饲管进食】。

读取第二组信号时，她感觉有针扎进自己的手背。她手抖了一下，迅速选定【静脉针（右手）】。

读取第三组信号时，她感觉膀胱和尿道抽了一下，凉凉的液体抹上私处，又有什么东西插进尿道。她倒吸一口气，选择标注【换尿管】。

读取第四组信号时，她感觉手被紧紧握住、扣紧，一直到发麻。她眼角湿润了，视线模糊中，她选定【紧紧握手】。

朱琼懂了，这一切都是骗局，姐姐压根就没有意识。人工智能辅助体收集患者的具身感受数据，传回钰成公司，钰成再将数据打包发给外包标注公司，由无数个像朱琼这样的标注员进行标注。经过对海量数据的学习，人工智能学会了反馈，并由钰操控纳米电极阵列，刺激相应脑区，让患者做出相应反应。又或者，患者家属脑中的钰直接刺激着家属的相应脑区，让他们感到患者好像做出了反应。再或者，是别的什么更大的棋局，她与姐姐以及每一对植入钰的患者和家属，都不过是这棋局中的棋子。

朱琼无法分辨什么才是真相。她卸掉了自己和姐姐脑中的钰，并且联合所有她能联系到的家属，将钰成告上了法庭。

怀瑾

怀瑾到达钰成总部时，差点怀疑自己走错了。

这是南城的郊区，周遭散布着开发了一半的烂尾楼盘。楼房的钢筋骨架裸露在外，犹如刺穿血肉的骨骼，矗立指向天空，仿佛是在宣告市场的无情和泡沫的破灭。

就算如今已经破产，但当年钰成的总部怎么会建在这种地方？

她唤醒自己的人工智能助理灵蛇，盘绕在她耳朵上的蛇形耳挂抖了抖，灵蛇的虚拟化身游出来，身形一路变大，从几寸长的小蛇化作半米长的银白游蛇，通过智能镜片浮现在她视野中。灵蛇吐出信子舔了舔大门，告诉她地址没错。

怀瑾把数据掮客给的密钥丢给灵蛇，伊衔住，在门上游了一圈，找到隐藏的密钥孔，插进去，门上幻化出一对彼此相扣的玉佩，旋转错开，门也朝里打开。

她走进去，门内还有一道影壁，壁上雕着百兽图。她绕过去，灵蛇却游不过来。原来那影壁里藏了一道数字屏风，阻挡所有外来的智能助理进入。她退回去，翻了翻数据掮客给的资料包，找到一段后门程序，裹到灵蛇身上。伊铆着劲一股脑钻过数字屏风，怀瑾也跟着走过影壁，拍拍灵蛇的头。

怀瑾是来做数据清算和价值评估的。她独立工作，盘点钰成存储在公司本地服务器中的数据资产，挖掘其中有价值的部分，看看哪些可以变卖，再估个价，向破产管理人提交报告。虽说这个任务的风险评估只有三级，是寻常的破产清算，但她的工作离不开灵蛇，再说伊是她形影不离的好伙伴，她可不想把灵蛇留在数字屏风外头。

影壁后面是一个精致的中式庭园，园中遍布假山，大大小小，错落有致。细看那假山石都是某种矿物晶体，透出荧荧绿光。灵蛇上前绕着其中一块转了一圈，又吐信尝了尝，怀瑾眼前就出现了分析结果。这些都是钰晶，一种罕见的矿物，具备良好的柔韧性和生物相容性，是制造钰芯片的原材料。

灵蛇从数据掮客发来的资料包里衍出一张股权穿透图，怀瑾放大查看。钰成智能科技有限责任公司由若干不同的投资公司和基金持股，好几家股东都有AI背景，但有一家关键股东就比较有意思了。那家关键股东由两家主要实体控股，占比较大的那家实体公司主营业务是矿产勘探和开采，看来钰成的产品制造在很大程度上都依赖于这家矿业公司的资源供应。

怀瑾心中更疑惑了，就连原材料都那么稀有，钰成是从一开始就不打算走大众市场吗？灵蛇识别到她的问题，在资料包里挖了一圈，又上网爬了些资料，很快给她呈上一份钰成的市场战略分析报告。

钰在所有内置人工智能辅助体的脑机接口产品中可谓独树一帜，市面上大多数的智能助理都以人或其他动物为形象，有的会加入机械化元素，但像钰这样以玉石为形象的实属少见。钰的功能路线也很小众，主打感官优化和感受调节，走的是具身路线，感性辅助大于理性辅助，智能助理普遍更擅长的逻辑功能反倒成了次要。再加上民用领域里非侵入式脑机接口才是绝对的主流，安全、灵活、易于换代，不像侵入式的接口植入取出还得专门进行手术，更多存在于医用和军用领域。钰硬生生在所有的小众叠加赛道里走出了自己的路，市场占有率虽然没法和主流产品比，但在其所处的细分市场里一直有忠实的拥趸，并且这几年来植入量还稳步上升，直到今年年初突然宣布破产。

　　怀瑾抬手摸了摸自己的蛇形耳挂，这个非侵入式接口正是灵蛇的物质载体。灵蛇是她亲自调教的智能助理，伴她左右已有七年，期间升级换代了五次，每一次功能都变得更强大，能越来越敏锐地了解她的需求，越来越快地帮她解决问题。她难以想象，如果每次都要切开大脑才能更换硬件，她还会不会频繁升级。钰走的是自适应路线，植入脑中的芯片就已包含了纳米电极，能随着人工智能对植入者的了解而加深布局。但一块不会动、不会说话、埋在脑中的钰，又有什么乐趣呢？

灵蛇感应到她的疑问，盘上她的小臂，吐出蛇信舔了舔她的耳垂，提醒她伊也不会说话。怀瑾将手臂放平举到面前，用另一只手轻抚灵蛇的背鳞，告诉伊她并不会嫌弃伊，比起聒噪的人形智能助理，她宁愿要一条安静的蛇。灵蛇盘上她另一条手臂，又游过她的肩头，围着她嬉闹了一会儿，便出去找路。

灵蛇在庭园里游了一圈，回来带路。怀瑾跟着伊在假山间穿梭，很快就找到了钰成的数据中心。灵蛇已经自行找出资料包中的密钥，打开了大门。怀瑾直接推门而入，硬盘阵列整整齐齐码在成排的机架上，指示灯明明灭灭。她找到管理界面，手动解锁权限，跃跃欲试的灵蛇一下子窜出去，沿着一排排机架游走吞下数据，伊的躯干越来越长，不得不小心改变方向，以免蛇头撞上蛇尾。

吞完所有数据以后，灵蛇游回怀瑾身边，长长的尾巴拖在后面撑满整个房间。伊开始消化这些数据，怀瑾趁等待的时间打量四周。钰成使用的全部是固态硬盘，真是不惜成本。她又调出灵蛇在来之前搜罗的钰成相关新闻和庭审报告，这家公司自成立之初起就负面新闻缠身，甚至有好几次被告上法庭。

数据隐私侵权、未成年人植入监管不严、共感交互直播事故、医疗项目欺诈……每一桩拿出来都能让舆论热闹半天。钰成似乎不太在乎财务状况，每次都是败诉赔款，花钱公关，然后继续寻找新的增长点。钰成甚至宣称公司最新的医疗项目纯属公益，为陷入植物人状态的患者及其家属免费植钰，使用共感交互功能帮助患者康复。虽然没有科学依据，免费的项目还是吸引了大批绝望的家庭，丑闻爆出来后又掀起了一股取钰热潮。财务不是怀瑾擅长的领域，但这家公司的种种决策怎么看都不合理，盈利似乎不是他们的首要目标。

灵蛇完成了数据挖掘，吐出一份报告，伊的身材又恢复了往日的模样。怀瑾翻看报告，不出所料，钰成存储着大量用户的具身感受数据。虽然数据被处理为匿名状态，她仍旧怀疑钰成并没有完全尽到告知义务，并获得用户的知情同意。钰的纳米电极阵列部署在用户大脑的各个区域，精准捕捉电信号，并将数据传回总部进行模式分析。

在各种数据中，钰成似乎尤其重视痛感、恐惧、不适等负面感受，甚至专门为此建立了项目组，致力于可迁移的感受数据模拟。怀瑾朝灵蛇点点头，伊轻轻扭动，她又招招手，伊一口咬进她的肩膀。一股钻心的疼痛袭向怀瑾，钰成的痛觉模拟做得相当成功。但他们要这做什么呢？

怀瑾挥挥手，灵蛇立即松开口，吐出蛇信轻轻舔舐她的伤口，痛觉很快消失。她继续翻看报告，钰成自六年前开始试验共感交互系统，收集不同用户的感受数据，并实时投射到其他用户身上，以激发强烈的共鸣反应。与此同时，每一块钰所搭载的人工智能辅助体也在学习植入者对他者感受的反馈，并将学习结果传回钰成总部。所以钰成的目的是让人工智能学会像人类一样的感受吗？怀瑾用探询的目光看向灵蛇，伊往后退了退，身体蜷成一团，仿佛在表达伊并不想尝试。

怀瑾没有坚持，灵蛇的物质构成和代码架构都与钰完全不同，不一定能承受钰的学习成果。她在意的是另外一组数据，钰成在最后的公益医疗项目中采集了大量植物人状态的患者及其家属的数据，同时花钱请外包公司进行数据标注。然而，这些标注结果并没有被直接投喂回到患者及其家属身上的钰中。标注的数据到底有何用途呢？

怀瑾示意灵蛇再找，一定还有她们没发现的数据。灵蛇再次启动搜索模式，在数据中心内游走，不放过任何一个角落、任何一道缝隙。在房间的西南角，伊徘徊许久，随后闪电般冲出房间。片刻后，伊游回来，身子蜿蜒起伏，仿佛在跳舞。怀瑾随着伊，来到一座高大的假山前，灵蛇毫不犹豫地钻进去，她也俯身跟随。

假山内部别有洞天。这里的温度要比外面低上好几度，机器运转的嗡嗡声在不大的空间内回荡。环绕在空间四周的超高性能服务器机架整齐排列，配备了最新的量子处理器和液冷系统，服务器的指示灯闪烁着绿光，像呼吸，像心跳。在所有服务器的中央，是一尊钰晶做的人脑模型，脑上布满了微型电极，每一个电极上牵出极细的电极丝，彼此相连，形成一张复杂精密的网。钰晶大脑反射着周围服务器指示灯的绿光，就像神经信号在大脑皮层上传递，又像迷人的光彩在玉石上流动。

灵蛇正欲上前，怀瑾拦住伊，没让伊吞食此处的数据。她已经知道了答案。那些感受数据、那些共感交互的学习成果、那些被标注了的植物人患者和家属的数据，统统被投喂到了这里。钰成的真正目的是训练人工智能，具有自主意识的强人工智能，他们又挑了一条小众赛道。

过往的强人工智能开发中，占据主流的是离身路线，依赖于庞大的离身数据集和不断优化的机器学习算法。具身路线更加强调与物理环境的交互和多模态学习，让机器获得视觉、听觉、触觉和动力学等某种意义上的感知。可是具身智能的研发更多集中于弱人工智能领域，比如医护机器人、救援机器人等。钰成选择的，是大规模收集和分析人体的具身数据，训练人工智能学习具身感受。

怀瑾依稀记得从哪个哲学讲座里听到过，促使人类萌发自我意识的关键是具身性的痛苦。她终于明白了钰成为何执着于模拟痛觉，以及为何他们执着于收集植物人患者的数据。或许，钰成的最终目标是通过研究植物人重获意识的过程，来模拟和训练强人工智能获得自主意识的路径。她叹了口气，若能成功，这倒也是一桩大功德。

只可惜，钰成失败了。用不着灵蛇去查看，怀瑾已经知道答案。钰成破产根本不是因为财务陷入危机，也不是因为官司和负面新闻，而是因为他们在具身路线的强人工智能开发上失败了。开发组没有足够的成果来说服资本继续注资。不然，这尊钰晶大脑和这些数据也不会随随便便被遗弃在这里。

怀瑾不会把这些推测写进数据清算报告，毕竟她的任务只是数据清算和价值评估。至于这些钰晶和其他硬件，破产清算组的其他成员自会清算和评估。

任务完成了，她转身向外走去。迈过影壁前，灵蛇示意她看向庭园的一角。她朝那方向望去，发现那里堆放着从植入者脑中取出的钰，密密麻麻，数不清有多少，像一座小山般隐于周围的假山当中。这些钰早已丧失了光彩，表面被深褐色浸染，分不清是血还是土。

怀瑾把灵蛇轻轻抱进怀里，用手遮住伊的眼，迈过了数字屏风。

钰

很多年后，怀瑾的订阅信息流中滚动着一条不起眼的新闻标题，灵蛇捕捉到若干关键词并关联到钰成破产清算的回忆，将这条新闻推送到她眼前。

"森林也有痛觉？电子废弃物或是罪魁祸首。"

她锁定这条标题，带着灵蛇一道进入了相应的全感新闻界面。

这是一片紧挨着垃圾处理场的森林，空气中的湿度很高，雾气弥漫，遮蔽着树梢，树木特有的味道都掩盖不掉垃圾场飘来的腐臭味。

一台伐木机器人正在工作，嗞嗞转动的电锯锯开树皮时，整片森林都开始颤抖，树叶哗哗甩动，在迷雾中卷出小小的气旋。

明知这只是实境还原，怀瑾还是下意识找了一棵树躲到背后，灵蛇也藏到她身后。

随着伐木机器人的锯齿在树干上越咬越深，森林的颤动也越来越强，风猎猎作响，就连雾都散了一些。就在树干被彻底锯断时，风增强到极大，把刚刚被锯断倒下的树干吹往伐木机器人的方向，重重砸在它扁平的躯干上，伐木机器人不再动作，电锯也停止转动。

森林里的雾被风彻底吹散，灵蛇向着垃圾处理场的方向游，怀瑾跟着伊，在靠近森林边缘处看见了它们。

垃圾大山上，堆积的废弃物层层叠叠，正缓慢向下崩塌，一部分垃圾已经渗进了森林。被推到最前面的是一堆指甲盖大小的芯片，密密麻麻，数不清有多少个，它们早已丧失了光彩，脏污不堪。钰成的破产管理人最终还是没能将它们变卖出去，甚至交不起电子废弃物处理费，导致它们被当成普通垃圾倾倒于此。

怀瑾凑近了看，那些钰的芯片上延伸出细密的电极丝，连接着无数个不可见的纳米电极，也连接着彼此，交错缠绕，结成一张错综复杂的网。网的边缘埋进土里，与地下探出的菌丝相连。光斑透过树叶的间隙洒落在这张网上，随光线的变化和树叶的颤动缓缓游走，就像神经信号在大脑皮层上传递，又像迷人的光彩在玉石上流动。

也许，钰成最终还是实现了他们的目标，以另一种他们未曾想过的形式，只是无人知道。

다시, 몸으로《身体,再来》
「달고 미지근한 슬픔」Copyright ⓒ 2025 by Kim Choyeop
「예, 죽고 싶어요」Copyright ⓒ 2025 by Kim Cheonggyul
「철의 기록」Copyright ⓒ 2025 by Cheon Seonran
Published in agreement with Influential, Inc.
《明日的幻影,昨日的辉光》Copyright ⓒ 2025 by Zhou Wen
《兰花小史》Copyright ⓒ 2025 by Cheng Jingbo
《琢钰》Copyright ⓒ 2025 by Regina Kanyu Wang
Simplified Chinese Edition Copyright ⓒ Shanghai Translation Publishing House (STPH)
All rights reserved.

图字:09-2025-0321号

图书在版编目(CIP)数据

身体,再来 / 程婧波,王侃瑜,昼温著. -- 上海:上海译文出版社, 2025. 8. -- ISBN 978-7-5327-9980-0
Ⅰ. I247.7
中国国家版本馆 CIP 数据核字第 2025SB4260 号

身体,再来

程婧波 王侃瑜 昼温 等著
责任编辑/赵婧 装帧设计/DarkSlayer

上海译文出版社有限公司出版、发行
网址:www.yiwen.com.cn
201101 上海市闵行区号景路159弄B座
上海市崇明县裕安印刷厂印刷

开本850×1168 1/32 印张7.5 插页4 字数92,000
2025年8月第1版 2025年8月第1次印刷
印数:0,001—6,000册

ISBN 978-7-5327-9980-0
定价:59.00元

本书中文简体字专有出版权归本社独家所有,非经本社同意不得转载、摘编或复制
如有严重质量问题,请与承印厂质量科联系。T: 021-59404766

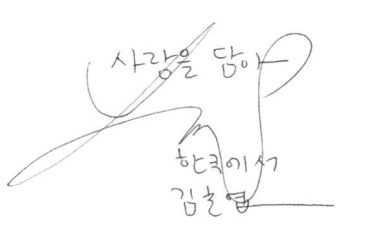

시연아
생일
축하해
항상
예쁘고
사랑스러운
모습만
보여주자⟡

친애하는 그대에게

오늘도 다정하고 듬직그
김지훈

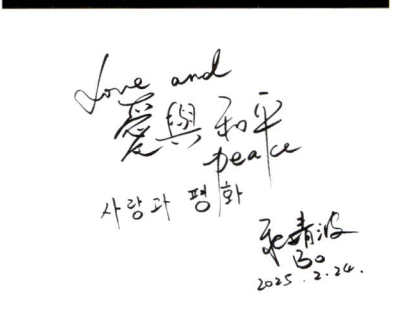

love and 愛與和平 peace
사랑아
鍾楚曦 Bo
2025.2.20.

난 너 다 안아줄게
"괜찮아 우리"
- 안녕하

每一块云都有自己的光亮.
王楚然